FRIEDERIKE SCHMÖE
Wieweitdugehst

WIESN-MORDE Auf dem Münchner Oktoberfest stirbt ein 14-jähriger Junge in der Geisterbahn an einem Stromstoß. Schnell ist von Mord die Rede, das Medieninteresse ist riesig, es droht eine Massenhysterie. Ghostwriterin und bekennender »Wiesn-Muffel« Kea Laverde begleitet ihren Freund Nero Keller, Hauptkommissar im LKA, bei den Ermittlungen. Dabei trifft sie auf Neta, die beruflich Kranken und Trauernden Geschichten erzählt, um deren Schmerz zu lindern. Kea ist fasziniert. Als Ghostwriterin interessiert sie sich für fremde Leben und freundet sich mit der Geschichtenerzählerin an. Als auf Neta ein Mordanschlag verübt wird, versucht Kea den Hintergründen auf die Spur zu kommen. Sie stößt auf einen Sumpf aus Gier, Lügen und unerfüllter Liebe ...

Friederike Schmöe wurde 1967 in Coburg geboren. Heute lebt sie in Bamberg. Neben ihrer schriftstellerischen Tätigkeit ist die habilitierte Germanistin als Dozentin an den Universitäten in Bamberg und Saarbrücken beschäftigt. Mit Katinka Palfy, der kultigen Heldin ihrer ersten acht Romane, hat sie sich in der Krimiszene längst einen Namen gemacht. »Wieweitdugehst« ist der vierte Band ihrer neuen Krimiserie um die Münchner Ghostwriterin Kea Laverde. Zeitgleich ist ihr Katinka-Palfy-Weihnachtskrimi »Süßer der Punsch nie tötet« erschienen.

Bisherige Veröffentlichungen im Gmeiner-Verlag:
Süßer der Punsch nie tötet (2010)
Bisduvergisst (2010)
Fliehganzleis (2009)
Schweigfeinstill (2009)
Spinnefeind (2008)
Pfeilgift (2008)
Januskopf (2007)
Schockstarre (2007)
Käfersterben (2006)
Fratzenmond (2006)
Kirchweihmord (2005)
Maskenspiel (2005)

FRIEDERIKE SCHMÖE

Wieweitdugehst

Kea Laverdes vierter Fall

Original

GMEINER

Besuchen Sie uns im Internet:
www.gmeiner-verlag.de

© 2010 – Gmeiner-Verlag GmbH
Im Ehnried 5, 88605 Meßkirch
Telefon 07575/2095-0
info@gmeiner-verlag.de
Alle Rechte vorbehalten
2. Auflage 2010

Lektorat: Claudia Senghaas, Kirchardt
Herstellung/Korrekturen: Julia Franze / Susanne Tachlinski
Umschlaggestaltung: U.O.R.G. Lutz Eberle, Stuttgart
unter Verwendung eines Fotos von: atyclb / photocase.com
Druck: Fuldaer Verlagsanstalt, Fulda
Printed in Germany
ISBN 978-3-8392-1098-7

Tag 1

1

Ich stand auf die Scorpions. Wind of change. Der Song war nicht mehr taufrisch, aber mein nagelneuer MP3-Spieler ließ mich die Aussicht auf einen Abend im Bierzelt besser ertragen. Change. Veränderung. Ein Zauberwort. In meinem Leben veränderte sich ständig alles. Zurzeit war ich auf der Suche nach einem neuen Wagen. Mein alter war bei einer Bombenexplosion pulverisiert worden. Irgendwie war in meinem Leben ein Häkchen auf der Liste mit der Aufschrift ›Bombe‹ gesetzt worden.

»Was hast du gesagt?« Nero schloss seine Wohnungstür ab.

»Nichts«, sagte ich müde. Oktoberfest. Nichts für mich. Wir stiegen die Treppe hinunter und traten auf die tropisch warme, spätsommerliche Hohenzollernstraße hinaus. Schwabing tobte und brodelte. Wir wurden von einer Woge Fußgänger umspült und davongetragen. Ich hasste es.

»Markus freut sich. Er hat mehrmals gefragt, ob wir gemeinsam kommen«, ermunterte Nero mich. »Die Platzreservierung fürs Bierzelt hat er über Beziehungen gekriegt. Frag mich nicht, wie er das gemacht hat.«

Schon gut, ich habe verstanden, Käptn. Mein Freund, Mann, Lover, Amant Nero Keller, Hauptkommissar am Landeskriminalamt in München, war froh, dass die Beförderung an ihm vorbeigegangen war und seinen Kollegen Markus Freiflug erwischt hatte. Markus würde von nun an eine Koordinationsstelle zur Vernetzung von Ermittlerteams in Sachen Cyberkriminalität leiten. Zuerst hatte Nero sich bewerben wollen. Doch letztlich war ihm seine Dozententätigkeit wichtiger, die er vor ein paar Wochen wieder aufgenommen hatte. Er bildete in ganz Bayern Kollegen im Umgang mit dem Internet und Computerkriminellen aus.

»Kea?« Er sah mich von der Seite an. »Du bist mit deinen Gedanken ganz woanders, kann das sein?« Sanft berührte seine Hand meinen Ellenbogen. Eine Tussi im Lederdirndl rempelte mich an. Die bemühte Folklore ging mir auf die Nerven. Das ganze Fest ging mir auf die Nerven, die ständigen Berichte in der Zeitung über die Mengen an Bier, die bereits getrunken, die Hendln, die verspeist worden waren. Die Massengaudi infizierte mich nicht.

»Kann sein.« Es gab Momente, in denen mochte ich nicht dabei gestört werden, wie ich meinen Gedanken nachblickte. Wie eine alte Frau am Fenster, auf ein Kissen gestützt, sah ich ihnen beim Promenieren zu. »Sorry.« Unsere letzten Tage waren nicht übermäßig harmonisch gewesen, und ich gab mir Mühe, zu einem entspannten Umgangston zurückzukehren.

»Ich weiß, du hasst die Wiesn.«

»Ich dachte, du kannst sie nicht ab.«

Nero lachte. Das gefiel mir. Er tat es zu selten. Zu gestresst war er von seinem Job, zu unsicher, ob die Beziehung mit mir hielt, weil ich ein freier Vogel war, eine Schneegans, die einem unerklärlichen Ruf folgend jederzeit bereit war, in die Subarktis aufzubrechen. Bei dem ganzen Chaos und Lärm um uns herum erschien mir die Subarktis tatsächlich wie ein leuchtender Außenposten des Paradieses.

Wir sprangen in die Straßenbahn. Ich hatte auf nichts Lust, weder auf das Oktoberfest noch auf Neros Kollegen, und ich beneidete alle, die an den folgenden Stationen ausstiegen. Dieser Wiesn-Termin war ein Kompromiss. Und Kompromissbereitschaft war nicht so meine Art.

»Ich habe nicht vor, bis in die tiefe Nacht zu bleiben«, sagte ich gegen das Rattern der Tram und das Grölen einiger Fahrgäste anschreiend, die sich schon eine satte alkoholische Grundlage für die kommenden Stunden angetrunken hatten. »Morgen will ich raus nach Fürstenried und ein Auto anschauen.«

»Nein. Nein, wir bleiben nicht übermäßig lange.« Nero verbarg sein leises Stöhnen mehr schlecht als recht.

Weder er noch ich hätten die Augen zu verdrehen brauchen. Es war auch völlig unnötig, dass ich den Kopf an die Scheibe lehnte und zum Fenster hinaussah, in einen blassen, dunstigen Spätnachmittag, während in meinen Ohren zum x-ten Mal der Wind der Veränderung besungen wurde. Denn dieser Abend wurde anders. Ganz anders.

2

Menschenansammlungen verursachten mir Atembeschwerden. Die Terrorvideos von vor wenigen Tagen beruhigten mich auch nicht sonderlich. Ich verabscheute die Mannschaftswagen der Bundespolizei, den ganzen Aufwand, mit dem die unmittelbar an die Theresienwiese angrenzenden Straßen abgeriegelt waren. Ich glaubte nicht an den Terrorismus, obwohl ich selbst schon sein Opfer gewesen war. Genervt ließ ich die Taschenkontrolle am Eingang über mich ergehen. Dass Nero und seine Kollegen mitten in der Woche Zeit hatten, das Oktoberfest unsicher zu machen, kam einem Wunder gleich. Die Herrschaften arbeiteten üblicherweise sogar an den Wochenenden. Ich sollte gute Miene zum bitterbösen Spiel machen.

»Das Wiesn-Attentat ist jetzt fast 30 Jahre her«, warf Neros Kollegin, Sigrun West, ein. Sie war die einzige Frau in einem Trupp Männer. Zäh, kompetent, überarbeitet. Mich mochte sie nicht. Klar, ich hatte den bestaussehenden Mann aus ihrem Team geschnappt. Nichts gegen Markus Freiflug mit seiner Nickelbrille und dem Pferdeschwanz. Beides ließ ihn wie einen Linken aussehen, aber in Wirklichkeit vertrat Freiflug konservative bayerische Werte. Daher rührte vermutlich die Beförderung. Mit Bodo Roderick, dem Dritten im Bunde, war auch nicht viel anzufangen: ein blasser, weißblonder Typ mit ausdrucksloser Stimme. Nero hielt viel von ihm, fachlich, verstand sich, aber aufs Fachliche konnte ich für meinen Teil pfeifen. Und dann erst der vierschrötige Ulf Kröger, dem pausenlos die Schuppen auf die Schultern rieselten! Arme Sigrun. Auf große Ausbeute war in diesem Laden nicht zu hoffen.

Zur allgemeinen Überraschung brachte Kröger eine Frau mit. Sie trug ein grellblaues Dirndl, passende Haferlschuhe und eine Gürteltasche um die Hüften, an dem sie mit rotlackierten Fingern nestelte. »Das ist Vicky.«

Nero legte den Arm um mich.

»Wo ging die Bombe damals eigentlich hoch?«, fragte Roderick. »War das nicht irgendwo hier am Haupteingang?«

Das Thema Bombe in Verbindung mit Menschenmengen traf genau meine schwächste Stelle. Gänsehaut lief mir über die Arme. Ich räusperte mich. Nero zog mich etwas fester an sich. Sofort fühlte ich mich beengt. Mein Instinkt meldete Alarmstufe eins.

»An der Brausebadinsel. Eine Rohrbombe«, referierte Sigrun West und boxte sich den Weg frei. »Seht zu, dass wir zusammenbleiben!« Ihre Ohrhänger baumelten wild.

Ich war bei einem Bombenanschlag auf dem Sinai schwer verletzt worden, hätte beinahe nicht überlebt, besaß seitdem eine künstliche Hüfte. Eine Sepsis hatte mich für Wochen niedergestreckt. Definitiv hatte ich keinen Gesprächsbedarf in Sachen Rohrbomben.

»Sie bestand aus einer zuvor geleerten Mörsergranate, die mit 1,39 Kilo TNT neu befüllt und in einen präparierten Feuerlöscher gesteckt wurde«, rief Sigrun uns zu, während sie einem Mann auswich, der mit seiner Zuckerwatte schlenkerte.

»Schon gut«, beschwichtigte Markus Freiflug mit einem Blick auf mich. »Hast dich extra vorbereitet, was?«

Roderick rempelte einen angetrunkenen Mann mit Gesichtstattoo an und sagte: »Mal ehrlich, glaubt ihr, dass die Islamisten das Oktoberfest sprengen?«

Keiner antwortete. Oder ich hörte nichts. Es war zu laut. Schrille Stimmen näselten durch übersteuerte Lautsprecher: ›Kommen Sie, machen Sie Ihre Fahrt, noch ist es Zeit, kaufen Sie Ihr Glück.‹

»… muss man ernst nehmen«, kam es von Freiflug.

»Alle meinen jetzt, es geht um das Oktoberfest«, bestätigte Sigrun. »Aber in Wirklichkeit geht es vermutlich um ein anderes Ziel.«

Verdammt, ich hatte keinen Nerv, mich um Attentatsdrohungen zu kümmern. Dann würde ich vollends durchdrehen und sofort den Rückzug antreten. Ich wollte nicht in der Masse aufgehen. Der Gaudizirkus stieß mich ab. Die Masse schien Schutz zu bieten – und barg doch Gefahr. Begriffen die paar Tausend das nicht, die auf der Wiesn von einer Herde gleichgesinnter Vergnügungssüchtiger geschluckt werden wollten?

Zudem gab es abgesehen vom Oktoberfest eine Menge neuralgischer Punkte auf diesem Globus. Wer garantierte einem, dass die Terrordrohung nicht letztlich nur dafür da war, die Leute fickrig zu machen? Oder die Konzentration der Exekutive auf ein bestimmtes Ziel zu lenken, dann jedoch auf ein ganz anderes, folglich unbewachtes loszugehen?

»Denkt mal«, Roderick spitzte bedeutungsvoll die Lippen, »Terror ist eine sehr nützliche Sache. Jede Seite kann ihn für sich nutzen.«

Knallpeng, das war eine harte Aussage für einen bayerischen Beamten.

»Glauben Sie, unser Bundesinnenminister hat ein paar arabische Studenten dafür bezahlt, ein Video ins Netz zu stellen, in dem Deutschland der Krieg erklärt wird, damit er sich noch mehr Zugriffe auf unsere Privatsphäre erlauben kann?«, fragte ich.

»Kea!«, murmelte Nero.

Aber genau darum ging es, und keiner aus dem LKA-Team, niemand, der mit hörenden Ohren und sehenden Augen durch die Welt ging, konnte diesen Gedanken ausblenden. Wer wurde vor wem geschützt? Wer profitierte am meisten von der Angst?

Mir stand der Schweiß im Nacken. Warum sollte ich den Abend noch komplizierter machen, als er ohnehin schon war? Ich beobachtete die Leute. Meine Augen schossen Schnappschüsse. Jemand mit einer viel zu großen und augenscheinlich schweren Tasche. Ein Hund, bepackt mit einem komischen Polster auf dem Hintern. Wauwau als Selbstmordattentäter, formulierte ich meine Schlagzeile. Jemand, der in einem hoffnungslos überfüllten Abfalleimer wühlte. Eine Frau mit Kopftuch, die sich zu schnell durch die Menge drängte. Ein Mann, allein unterwegs. Wer ging allein auf die Wiesn? Verstohlen musterte ich Neros Kollegen.

Auch Freiflug hatte keine Freundin. Polizeioberrat Woncka, den das Team für den heutigen Abend begreiflicherweise nicht auf die Wiesn eingeladen hatte, war längst geschieden. Vicky mit ihrem Dirndl konnte ich nicht einordnen, aber ich blieb bei meiner Meinung, dass Nero und ich das einzige Paar waren, das trotz der unsäglichen Arbeitszeiten des LKA-Teams noch zusammenhielt.

Zusammenhalten, ja, so konnte man das nennen.

Ich war verunsichert. Irgendetwas war in meinem Leben dabei, sich zu regen. Wind of Change. Als verschöben sich tektonische Platten, ab und an gab es ein Erdbeben, nichts Schlimmes, nur eben Bewegung. Kleine Vulkane spien ein wenig Rauch aus.

Dinge, Ereignisse, Gefühle, die ich unter den Teppich kehren konnte. Noch.

Mein Job als Ghostwriterin gefiel mir. Ich tauchte gern in fremde Leben ein, ich brauchte das Schreiben, ich liebte Texte. Außerdem stand mir das Freiberuflertum gut. Ich konnte meine Arbeitszeiten selbst einteilen, hatte keinen Polizeioberrat, der mir dazwischenfunkte und mir Vorschriften machte. In meinem Beruf gab es außer Diskretion überhaupt keine Vorschriften. Ghostwriter durften alles. Lügen, beschönigen, weglassen, hinzudichten, wenn der Kunde es wünschte. Die Hauptsache war, dass nachher ein Buch auf dem Tisch lag und mein Konto einen Zahlungseingang verbuchte. Meine Einnahmen hatten in diesem Jahr schon im August das Gesamtergebnis des vergangenen Jahres überflügelt. Also lag auch finanziell alles im grünen Bereich. Deshalb gönnte ich mir gerade eine Auszeit.

Wenn aber beruflich nichts zu beanstanden schien, musste der Druck, der sich in meinem Leben aufbaute, aus dem Privaten stammen. Nero?, dachte ich und sah ihn von der Seite an, während wir uns durch das Gedränge schoben. Sein Arm hatte mich fest im Griff, er war groß, stark, selbstsicher, ein Beschützer, ich mochte den italienischen Bart, die braunen Augen, ich mochte alles an ihm. Wir kannten uns nun schon eine geraume Weile, knappe zwei Jahre. Hatten Zeit für die Liebe gehabt. Nur stand da ein großes Aber zwischen uns, das ich nicht zu deuten vermochte.

Nero war ein Pedant. Er hatte strenge Anforderungen an sich selbst. Er salutierte jeden Morgen vor seinen Pflichten. Wenn ich mal einen Tag blaumachte, warf er mir vor, dem Herrgott den Tag zu stehlen. In seiner ganzen Art signalisierte er, dass Müßiggang aller Laster Anfang sei. Er verstand nicht, dass Ghostwriting eine kreative, künstlerische Tätigkeit war, die von Pausen lebte. Ich brauchte leere Stunden, um weiterzudenken, eine Geschichte, ein Leben auszuschmücken. Wenn ich schrieb, war ich ein spielendes Kind.

Unsere Berufe waren zu verschieden.

Oder war es noch etwas anderes?

»Die Untersuchungen zum Oktoberfestattentat sind nie abgeschlossen worden«, rief Kröger durch das Gedränge. Seine Hand hielt Vickys Ellenbogen umschlossen, als wollte er sie abführen. »Erst im Mai gab es eine Anfrage der Grünen im Bundestag. Die werfen den Kollegen, die damals ermittelt haben, vor, Hilfsangebote des BKA abgelehnt zu haben.«

»War es nicht so?« Sigrun West hüpfte um einen Dackel herum, der ein weiß-blau gerautetes Trikot trug. »Allerdings sind dann doch BKA-Beamte zur Soko ›Theresienwiese‹ dazugestoßen.«

Kröger warf seiner Kollegin einen wütenden Blick zu.

»Die Sache ist gegessen.«

»Du warst in der Soko, damals, oder, Ulf?«

Mein Herz begann wie wild zu klopfen. Ich bekam Panik. Nicht wegen Kröger und seiner Schuppen, nicht wegen Sigruns immer schriller werdender Stimme.

Nein. Ich ertrug die Menschen um mich herum nicht, die Wärme ihrer Körper, die Gerüche: Popcorn, Schweiß, gebrannte Mandeln. Ich hatte genug davon, die Unterwäsche durch die Shirts der Frauen zu sehen und die feuchten Gesichter angetrunkener Männer. Der Japaner mit Gamsbarthut, der neben mir auftauchte wie ein U-Boot, gab mir den Rest. Ich stöhnte auf und machte mich aus Neros Arm los.

Er sah mich still von der Seite an. Ja, leide du nur an meinen seltsamen Panikattacken. Denk nur, es sei wegen meiner Erinnerungen an den Sinai.

Was machte ich hier? Ich tastete nach meinem Pferdeschwanz. Wie lange hatte ich mein Haar nicht mehr offen getragen? Wie lange war ich nicht beim Friseur gewesen? Weil ich keine Zeit hatte? Warum trug ich Turnschuhe und Jeans, nichts Sommerliches? Aus Angst? Weil ich vielleicht würde rennen müssen? Immer fluchtbereit, so war mein Leben. Gib dem Vertrauen keine Chance, denn Vertrauensseligkeit wird sich irgendwann rächen.

»Das war ein Einzeltäter«, beharrte Kröger.

»Quatsch in Tüten«, entgegnete Sigrun. »Sogar in Italien hat die Polizei an die 20 Rechtsextreme festgenommen. Wegen Verdacht auf Mittäterschaft.«

»Kinder, wohin zuerst?«, griff Bodo Roderick vermittelnd ein. »Ich schlage vor, wir probieren das Teufelsrad. Das müssen wir machen, bevor wir was im Magen haben, ansonsten …«

Neros Hand berührte meine Schulter. Sehr zart, sehr vorsichtig.

Ich wollte fort. In mein einsames Haus am Ende der Welt, weit weg von der Wiesn, dem Krach, den Menschen. Wollte an meinem weitläufigen Hang sitzen und über die Hügel ins Fünfseenland schauen, meine beiden Graugänse schnattern hören und ein Glas Chianti trinken. Mit wie wenig man mich zufriedenstellen konnte!

»Ja, lasst uns ein paar Runden drehen«, nickte Freiflug. »Kein Jobtalking heute, bitte.«

»Im Merkur stand, es gibt eine neue Geisterbahn«, zwitscherte Vicky. »The Demon. Sollen wir?«

3

»Ich möchte nicht«, wehrte ich ab und stemmte meine 80 Kilo Lebendgewicht gegen Neros ausgestreckte Hand. »Macht, was ihr wollt, aber ich will da nicht rein.« Hoch vor mir ragte ›The Demon‹ auf. München sprach von nichts anderem mehr als von dieser ach so innovativen, angesagten Geisterbahn.

»Bodo hat schon die Karten«, versuchte Nero mich zu überzeugen.

Als wenn das ein Argument wäre. »Ich gebe ihm die Kohle zurück. Aber in die Geisterschachtel kriegt ihr mich nicht rein.« Angewidert starrte ich auf einen bluttriefenden Schädel, der von einem mechanischen Arm über der Einfahrt vor- und zurückbewegt wurde. Über Lautsprecher drang ein gequältes Jaulen in den frühen Abend. Nein, danke. Sinn fürs Makabre hatte ich nur auf dem Papier.

Zwei Frauen standen ebenfalls unschlüssig da. Die ältere setzte sich schließlich in die Gondel, die jüngere kam ihr nach, sprang jedoch auf und lief davon, ein Handy am Ohr. Die Gondel ruckte, fuhr an, und ich sah das entsetzte Gesicht der Frau, die nun ohne schützende Begleitung in die Bahn gezogen wurde.

Sigrun West nutzte die Gunst der Stunde und schlüpfte mit Nero gemeinsam in eine Gondel. Kröger führte seine Vicky zur nächsten. Freiflug und Roderick hockten sich hinter die Kollegen. Vor ihnen hatten ein paar Jungs ihren Spaß. Sie waren 13, vielleicht 14. Einer von ihnen versuchte, sich zu zweien seiner Kumpels in einen Bob zu quetschen, wurde aber von der Aufsicht zur nächsten Gondel dirigiert.

›The Demon‹. Ich erinnerte mich, heute im Münchner Merkur einen Artikel über die innovativen Horrorszenarien in dieser neuen Geisterbahn überflogen zu haben. Nicht mein Ding. Das Grauen des wirklichen Lebens reichte mir völlig aus.

Die Jungen verschwanden in der Düsternis. Derjenige, der allein in einer Gondel saß, blickte verunsichert unter dem Schirm seiner Baseballkappe hervor. Die Selbstsicherheit des Heranwachsenden schmolz angesichts der schaurigen Rufe aus der Geisterschachtel. Der Schlund der G-Bahn verschluckte eine Gondel nach der anderen. Gemächlich. In einer Geisterbahn musste man sich so richtig Zeit zum Fürchten lassen.

Ich klickte auf meinem MP3-Spieler herum und wartete auf bessere Zeiten. Hinter mir schwangen sich die Leute ins Teufelsrad. Kreischen, Lärm, Lautsprecherstimmen, höllisch verzerrt: ›Lose, Lose, Lose kaufen, nicht am Glück vorüberlaufen.‹ Ich schaltete die Musik aus, bei dem Krach war keine Silbe mehr zu verstehen.

Ich sah gern Leuten zu. Wenn ich Szenen aus den Leben meiner Kunden schrieb, orientierte ich mich an Beobachtungen, die ich in der Wirklichkeit gemacht hatte. Details wurden wichtig. Wie bewegte sich jemand, wie stand er da, wenn er wartete, tänzelnd, wie festgewachsen, welche Grimasse schnitt er beim Blick in seine Geldbörse?

In Gedanken versunken ortete ich das Leben um mich. Mit einem gewissen Argwohn. Es konnte jederzeit etwas geschehen; etwas Unerwartetes, Gefährliches, Tödliches. Dies hatte mich das Leben gelehrt. Die Bombe, die mein Leben in Stücke gerissen hatte, war im Hard Rock Café in Scharm El-Scheich explodiert. Mitten unter Touristen, die auf eine gute Zeit abonniert waren. So wie die Oktoberfestfreaks. Spaß, Vergnügen, Thrill, Nervenkitzel, Alkohol, Sex. Ich lehnte mich gegen die Querstange, die den Aufgang zu ›The Demon‹ sicherte, und sah auf die Uhr. Wie lange waren die schon da drin?

Irgendwann fiel mir auf, dass die Gondeln stillstanden. Fahrgäste suchten sich einen Platz, aber die Gondeln bewegten sich nicht. Plötzlich lag Aufregung in der Luft, ein bitterer Geschmack, ein unhörbar hoher Ton.

»Das stimmt jetzt nicht«, sagte ich laut zu mir selbst, ohne im Getöse meine Stimme zu hören. »Ich bilde mir das ein. Neurose total.«

Der Mann an der Kasse verließ sein Häuschen und rannte zu der Stelle, wo die Gondeln aus der Bahn herauskommen mussten. Man sah den Bug eines Bobs. Um mich herum blieben Leute stehen. Die grausame Dynamik des Unglücks zog Menschen an. Ich stieg die Stufen zur Kasse hoch und lief an der Front von ›The Demon‹ entlang, boxte mich durch die Menge und kam neben dem Kassenmann zu stehen.

»Was ist los?«

»Ein Kurzschluss. Wir müssen die Notversorgung ankriegen, um die Leute rauszuholen.« Er machte sich an einem Schaltkasten zu schaffen. »Aber hier tut sich nichts.« Nervös wischte er sich die Finger an seiner Latzhose ab. Seine Ohrmuscheln waren von oben bis unten gepierct. Er rollte das r, als gelte es das Leben.

»Das gibt's doch nicht!«

»Wir haben eine komplette zweite Versorgung hier liegen.« Verzweifelt schlug er auf einzelne Schalter, fuhr mit dem Finger über einen Schaltplan.

Ich schnüffelte. »Es riecht verbrannt!« Meine Stimme wurde schrill. Jetzt kommt der Augenblick, wo dir die Nerven durchgehen, nicht, Kea?, dachte ich cool. Das Déjà-vu. Alles schon mal gehabt. Hilflos im eigenen Blut liegen, diesen metallischen und gleichzeitig verbrannten Geruch in der Nase haben. Du hast nur eine dunkle Ahnung von dem, was geschehen ist, doch du willst es nicht genau wissen, noch nicht, noch nicht …

Neben mir tauchte eine junge Frau auf. Sie hielt ihr Telefon wie einen Faustkeil in der Hand und schrie: »Was ist los? Meine Mutter ist dort drin. Was ist los?«

Ich quetschte mich durch die Klapptüren der Ausfahrt.

»Ruhig, Miss«, hörte ich den Kassenmann sagen.

»Nero?«, schrie ich in die Schwärze hinein. »Nero?« Der erste Bob, der halb aus der Bahn herausragte, war nicht besetzt.

»Kommen Sie zurück«, schrie Latzhose mir nach, ließ den Schaltkasten im Stich und rannte mir hinterher.

»Rufen Sie mal lieber die Feuerwehr«, gab ich zurück. Ich hörte schon die Sirenen. Automatischer Alarm, klar, auf der Wiesn durfte man nichts dem Zufall überlassen. Sicherheit und Schutz vor Massenpanik standen ganz oben auf der Liste. Nero hatte mir kürzlich einen Vortrag darüber gehalten, nachdem er mit ein paar Kollegen von der Wiesn-Polizei zusammengetroffen war. Aber Islamisten in der Geisterbahn? Oder der Verfassungsschutz? Das kam mir zu billig vor.

Eine Hand griff nach meiner Schulter. »Bleiben Sie hier.«

Die Sirenen wurden lauter. Ich zückte mein Handy und hielt das leuchtende Display ins Dunkel.

»Bleiben Sie verdammt noch mal hier!«, brüllte der Kassenmann.

»Leck mich.« Schritt für Schritt ging ich in die Geisterschachtel hinein. Roch verschmorten Kunststoff, Metall, Staub. Flehte meine Augen an, sich an die Dunkelheit zu gewöhnen. Es war ganz still. Als habe der Stopp der Gondeln die Welt gebremst. Ich lauschte. Rief noch einmal: »Nero?«

Ich stolperte. Überall lagen Kabel, ganze Stränge, armdick. Der Geruch nach verschmortem Kunststoff verätzte mir die Nase. Neben mir ragten Schatten auf. Gespenster und Konsorten. Nur ein bisschen Technik und Pappmaschee, dachte ich. Kabel und Supertechnologie, digital, der neueste Schrei. Uninteressant. Wieso fürchtet man sich vor diesen Kunstgeistern?, dachte ich. Das wahre Leben bietet genug Schockierendes, wovor es einem wahrhaftig grauen kann.

»Warten Sie, mein Handy hat eine Taschenlampe«, rief eine Stimme hinter mir. Ich erkannte die junge Frau wieder, die mit ihrem Telefon auf den Kassenmann losgegangen war. »Ich hätte hier auch drin sein sollen, aber ich bekam einen Anruf, auf den hatte ich die ganze Zeit gewartet, und nun ist meine Mutter allein.« Ihre Stimme wurde schrill vor Panik.

»Und mein Freund mit seinen ganzen Kollegen,

das halbe LKA.« Ich rutschte aus. Die andere hielt mich fest. Dann ging die Notbeleuchtung an. Ein grüner Lichtschein, der aus dem Nirgendwo zu kommen schien.

»Schauen Sie! Auf dem Boden! Wie im Flugzeug«, flüsterte sie.

Ich sah längliche Pfeile, die zum Ausgang wiesen.

»Nero?«, schrie ich.

Keine Antwort. Mein keuchender Atem hallte im Dunkel wider. Irgendwo weit weg meinte ich, eine Bewegung zu sehen, als gleite eine der Gruselfiguren in Eigenregie davon. Wir folgten den Schienen, auf denen die Bobs rollten.

»Verstehen Sie, warum jemand sich freiwillig fürchten will?«, fragte ich halblaut.

»Ja. Als Test. Um sich nachher zu freuen, dass alles nur eine Täuschung war.«

Jemand kam auf uns zu. Ich blinzelte. Sah eine kleine Gestalt, die sich durch die Finsternis tastete.

»Hier ist der Ausgang!«, rief ich.

»Mom!« Meine Begleiterin stieß mich beiseite und lief auf die Frau zu, die ihr entgegentaumelte. Die Ältere wäre beinahe gestürzt, aber die Jüngere fing sie auf und drückte sie an sich. »Mom.«

»Nero?«, schrie ich.

»Kea!«

Hatte ich ihn wirklich meinen Namen rufen hören, oder hatte ich mich getäuscht?

»Nero, wo seid ihr, zum Teufel!«

Hinter mir wurden die Klapptüren der Bahn mit Gewalt aufgerissen. Tageslicht flutete herein. Geblendet schloss ich die Augen. Kerle in voller Feuerwehrmontur stürmten die Geisterbahn und kommandierten: »Kommen Sie raus, kommen Sie raus!«

Ich wehrte mich, sah Sigrun West aus den Tiefen von ›The Demon‹ auf mich zukommen, an jeder Hand einen Jugendlichen.

»Wo ist Nero?«, schrie ich ihr entgegen. »Wo ist Nero?«

Neben ihr tauchte Markus Freiflug aus. Das lange Haar aufgelöst, schob er mit Krögers Hilfe Dirndl-Vicky und zwei weitere Buben dem Ausgang entgegen.

»Wo ist Nero?« Mir wurde übel vor Angst. Und heiß.

Sigrun stand neben mir. »Los, raus!«

Ich sah das Flackern in ihren Augen, während ich der Hand des Feuerwehrmannes endlich nachgab, die mich zum Rückzug zwang.

4

Im Licht der Notbeleuchtung beugte sich Nero Keller über den Jungen, der auf dem Gondelsitz in sich zusammengesunken war.

»Bodo, schnell!«

Sie hievten den Körper hoch und legten ihn zu Füßen des Sensenmannes ab.

»Kein Puls«, sagte Bodo Roderick. »Zu spät.«

Nero keuchte. Nur nicht aufgeben. Herzdruckmassage. »Jetzt du!«

Roderick gab Mund-zu-Nase-Beatmung.

Nero zählte mit. Sie hatten den Rhythmus bei der letzten Fortbildung eingeübt. Roderick war ihm nicht besonders sympathisch, aber die Zusammenarbeit klappte immer. Ob sie hinter Rechnern saßen oder einen Lehrgang in Erster Hilfe absolvierten.

Nero lauschte auf Rodericks Atemzüge, auf die wenigen Geräusche, die in das Innere der Bahn drangen. Die Stille war gespenstischer als alles Heulen, Winseln und Jaulen zuvor.

»Das Herz ist stehen geblieben. Nichts zu machen«, keuchte Roderick.

»Nicht aufgeben! Das ist ein Kind.« Dankbar dachte Nero daran, dass Sigrun und Kröger die anderen Jugendlichen eingesammelt hatten. Noch wuselten irgendwo im Körper der Geisterbahn Leute auf der Suche nach dem Ausgang herum. Nachdem die Klimaanlage ausgefallen war, wurde es schnell stickig und heiß. Aber Nero hatte die Sirenen gehört. Er wusste, dass keine Gefahr bestand. Keine echte Gefahr. Außer für diesen Jungen, dessen Herz ausgesetzt hatte und nun nicht wieder anspringen wollte. Kann das passieren?, fragte er sich, während er im Takt seines eigenen Kommandos den schmalen Brustkorb traktierte. Der Junge war 13, vielleicht 14, noch ein richtiges Kind. Blass, aber das konnte auch an der grünen Beleuchtung liegen.

Nein, es liegt nicht an der Beleuchtung. Er ist tot. Wir haben ihn viel zu spät gefunden, dachte Nero.

Roderick wies auf den Sensenmann. »Der hat seine Hand nicht zurückgezogen, als die Gondel an ihm vorbeikam. Das war Absicht. Die Isolierung ist ab. Schau mal.«

»Los, beatme ihn.« Erschöpft lehnte Nero sich gegen die Gondel. Der Geruch nach verschmortem Kunststoff verursachte ihm Übelkeit. In der Enge konnte er sich kaum bewegen.

»Sei vorsichtig, wer weiß, was hier noch alles unter Strom steht.« Roderick kniete sich über den Bub. »Hat er geschrien?«

Nero hob den Kopf. Er hörte Schritte, sah den Lichtkegel einer Taschenlampe.

»Notärztin kommt!«, rief eine Stimme.

»Hier herüber! Hier liegt ein Kind. Bewusstlos.«

›Tot‹ wollte er nicht sagen.

5

Nachdem ich meine Personalien angegeben hatte, fand ich mich in einer eilig freigeräumten Ecke eines Bierzeltes sitzend, einen Becher Kaffee in der Hand. Draußen sank längst die Dämmerung herab. Die Dunkelheit kam schon früh an diesem 23. September. Ein Polizist hatte mir gut zugeredet, meinen Arm genommen und mich hier abgeladen. Aus den Gesprächsfetzen um mich her hörte ich heraus, dass ein Junge gestorben war. Ein Junge. Also kein erwachsener Mann und mithin nicht Nero. Ich stellte verzweifelt fest, dass es mir Erleichterung verschaffte, vom Tod eines Kindes zu hören. Sigrun West tauchte kurz auf und raunte mir zu, es sei alles in Ordnung. Was genau sie damit meinte, wollte ich nicht so genau durchdenken. Ich zwang mich, darauf zu vertrauen, dass Nero o. k. war und mit ihm die anderen Kollegen, die den Ritt in ›The Demon‹ gewagt hatten. Ein Junge war tot – dass er nicht vor Schreck gestorben war, konnte ich mir selbst denken. Die Youngsters heutzutage hatten vor nichts Angst. Sie sogen die Horrorfilme quasi mit der Muttermilch auf.

Sanitäter kümmerten sich um die Leute, die der Geisterbahn mittlerweile entkommen waren. Schwere Verletzungen schien es nicht zu geben. Die meisten litten an Schocks oder hatten kleinere Blessuren, die sie sich bei der überstürzten Flucht aus ›The Demon‹ zugezogen hatten. Trotz der Hektik und Betriebsamkeit sprachen alle mit gedämpfter Stimme. Kein lautes Fluchen, kein Schreien.

Eine Polizistin brachte zwei Frauen zu mir.

»Setzen Sie sich einen Moment. Es kümmert sich gleich jemand um Sie.«

»Waren Sie nicht …?«, fragte die Jüngere.

»Ja, Sie kamen mir in die Bahn nach.« Ich nickte. »Alles in Ordnung mit Ihrer Mutter?«

Die Ältere lächelte mir zu. Eine runde, kleine Frau, ganz in Schwarz, Rock und Bluse, mit langem, grau meliertem Haar, das sie hochgesteckt trug, und das bei der Aufregung ins Rutschen geraten war.

»Ja. Ich heiße übrigens Neta Kasimir«, stellte die Jüngere sich vor.

Ähnlich sah sie ihrer Mutter nicht. Ihre Haut war milchweiß, übersät mit Sommersprossen. Das Haar rötlich-blond, kinnlang, ganz gerade geschnitten.

»Kea Laverde.«

»Liliana Bachmann.« Die Ältere ließ sich auf der Bank nieder, griff in ihr Haar und steckte es wieder zurecht.

Ich wusste nicht, was ich sagen sollte. Neta setzte sich neben ihre Mutter, legte den Arm um sie, und diese lehnte ihren Kopf an die Schulter ihrer Tochter. Das sollte mir mit meiner Mutter mal passieren. Doch letztlich war man ja aus dem Alter heraus, wo man noch Trost und Zärtlichkeit erwartete.

Gerade jetzt hätte ich allerdings ein wenig Beistand gebraucht. Ich dachte an Juliane, meine 78-jährige Freundin, die ich in seltenen Momenten mit dem Attribut Adoptivmutter bedachte. Aber anders als Liliana Bachmann war Juliane nicht rund und weich. Sie hatte so gar nichts Mütterliches an sich, jedenfalls nicht äußerlich, war dünn wie ein Strich, trug das Haar federig kurz geschnitten, kleidete sich in Jeans und T-Shirts mit freakigen Aufschriften. Sie fehlte mir. Ich hatte irgendjemanden zum Anlehnen nötig, und Juliane war in Situationen wie dieser zu einer sehr großzügigen Definition dessen fähig, wer ihre Kinder waren.

»Ich habe Sie aus der Gondel aussteigen sehen. Bevor es losging«, sagte ich, als ich den Anblick dieser beiden selbstvergessenen Frauen nicht mehr ertragen konnte.

Neta nickte. »Mein Handy klingelte. Ich bin Freiberuflerin. Immer auf der Jagd nach Aufträgen.«

»Dann haben wir etwas gemeinsam.«

»Was machen Sie?«, erkundigte sich Liliana, richtete sich auf und nahm dankend einen Plastikbecher mit Wasser entgegen, den ihr die Polizistin von vorhin auf einem Tablett reichte. Die Ordnungshüter hatten etwas von Sozialarbeitern an sich. Ich hätte gern gelästert, und wäre Juliane hier gewesen, hätte ich mir eine passende Bemerkung nicht verkneifen können. Lästern machte mir nämlich mächtig Spaß.

»Ich bin Ghostwriterin.«

»Also sind wir sozusagen Kollegen.« Neta griff sich ebenfalls einen Becher und trank ihn in einem Zug aus.

»Wie – Sie auch?«

»Ich bin von der mündlichen Truppe«, entgegnete Neta leichthin. Ihre Mutter lachte.

»Will heißen?«

»Ich arbeite als Geschichtenerzählerin.«

Bums. Das klang gut. Nach Märchen, alten Burgen, Feen und Trollen.

»Ich weiß, man kann sich erst einmal wenig unter diesem Beruf vorstellen«, fuhr Neta fort. »Aber eigentlich ist es ganz einfach. Ich erzähle Kranken und Trauernden, Menschen in schwierigen Lebenssituationen Geschichten. Zum Trost, zur Ablenkung, wie auch immer.«

»Und davon kann man leben?«, entfuhr es mir.

»Kann man.« Neta lächelte, und Liliana warf ihr einen bewundernden Blick aus dunkelbraunen Augen zu.

»Nach welchen Gesichtspunkten wählen Sie die Geschichten aus, die Sie erzählen?«

»Das ist eine sehr technische Frage«, lachte Neta, griff nach Lilianas Hand und hielt sie fest. »Ich unterhalte mich mit den Menschen, dann erfahre ich schon, was sie am meisten belastet. Einsamkeit, Angst, Schmerz … und danach entscheide ich mich, welche Geschichte, welches Thema am besten passt. Im Endeffekt geht es immer um ähnliche Motive. Die Geschichte, die ich erzähle, soll die Angst mildern, den Schmerz dämpfen, manchmal auch Wut und Zorn anfachen. Wut ist eine starke Kraft.«

Ich hätte alles sofort unterschrieben. Wenn ich an

etwas glaubte, dann an die Kraft der Fantasie und der Gedanken. Brauchte ich etwas, stellte ich es mir vor, und schon besaß ich es – im Kopf zumindest. Nach dieser Devise hatte ich mein bisheriges Erwachsenenleben verbracht. Es war mir damit nicht unbedingt schlecht ergangen.

»Neta ist eine außerordentlich gute Geschichtenerzählerin«, warf Liliana ein. Sie klang, als sei sie sehr stolz auf ihre Tochter.

Wie alt sie wohl ist?, dachte ich. Mitte 60, nicht älter. Neta musste jünger als ich sein. Ich war mittlerweile 40 und quälte mich mit dem Gedanken, in Kürze zu rostigem Alteisen zu werden.

»Denken Sie sich Ihre Geschichten selbst aus?«, fragte ich neugierig. Ich persönlich hielt mich in meinem Job an die Vorgaben meiner Kunden. Wenn es nötig war, dichtete ich ein bisschen hinzu oder strich etwas weg. Aber ich folgte dabei immer den Wünschen meiner Brötchengeber.

»Es gibt nur zwei Plots«, sagte Neta. »Jemand unternimmt eine Reise. Oder: Ein Fremder kommt in die Stadt.«

Das stimmte. Die Biografien, die ich schrieb, ließen sich jedes Mal auf einen dieser Stoffe reduzieren.

»Wer hat dich eigentlich vorhin angerufen?«, fragte Liliana ihre Tochter. »Kundschaft?«

»Genau. Meistens melden sich Verwandte oder Freunde von Trauernden bei mir«, erzählte Neta. »Sie haben irgendwo von mir gehört. Mundpropaganda ist meine beste Werbetrommel. Ständig sind Leute krank oder verlieren jemanden, den sie lieben. Nach einer gewissen Weile, wenn die Aufgaben, die sie bewältigen müssen, geschafft sind, wenn die große Leere kommt, weil keine Entscheidungen mehr getroffen werden müssen, dann komme ich.«

Liliana nickte und lächelte. Noch immer hielt Neta ihre Hand.

Sie reichte mir ihre Visitenkarte. Ich gab ihr meine. Wir sahen uns an und lächelten, beinahe peinlich berührt.

»Ich bin fast verrückt geworden, weil Liliana allein in der Bahn war«, sagte Neta. »Und als dann die Gondeln stehen blieben ...«

»Was ist da drin passiert?«, fragte ich.

Schützend legte Neta ihren Arm um Liliana. Als habe sie Angst, meine Frage könne sie umwerfen.

»Ich weiß es nicht«, antwortete Liliana leise. »Plötzlich blockierten die Gondeln. Nichts ging mehr. Die Effekte schalteten sich aus, es war totenstill, keine Geräusche mehr. Alles lag im Finstern.«

»Haben Sie vorher etwas Ungewöhnliches gehört?«, fragte ich.

»Nein.« Liliana sah mich beinahe verblüfft an. »Die Polizisten sagen, ein Junge wäre gestorben. Wie kann das sein?«

»Gute Frage.« Ich lehnte mich zurück, vergaß, dass die Bierbank keine Lehne hatte, und wäre fast vom Sitz gekippt. »Ich habe keine Ahnung.«

»Ich habe vor Kurzem meinen Mann verloren«,

sagte Liliana. »Vor zwei Jahren ist mein Sohn gestorben. Die arme Mutter! Ihr Kind zu verlieren.«

Ihre Augen füllten sich mit Tränen. Hilflos sah ich zu Neta. Die schmiegte ihre Wange an Lilianas Haar und küsste ihre Strähnen. Meine Güte. Was für eine Liebe. Ich war dankbar, als die Polizistin von vorhin auftauchte: »Frau Laverde, kommen Sie bitte?«

6

Am Checkpoint liefen sie ein. Die Mädchen und Frauen, die sich trauten. Hauptkommissarin Bianca Heinrichs bekam dann nur die harten Fälle auf den Tisch. Alles andere erledigten die Kolleginnen. Wenigstens hatte sie durchgesetzt, dass im Checkpoint so viel weibliches Personal wie möglich arbeitete. Mit oder ohne Uniform – sie mussten der Wiesn endlich das Klischee abkaufen, dass hier auf Teufel komm raus gegrapscht wurde, weil in der Enge, in der Masse, im Dunkel des beginnenden Alkoholkomas alles möglich wurde. Und im Dunkel des Septemberabends. Die Männer sahen sich dabei auf der sicheren Seite. Gönnerhaft meistens, übersteigert selbstsicher, bis zum Scheitel voller Testosteron: Sie hat mich angemacht. Sie wollte das. Pah! Bianca schob ihr Notebook in die Schultertasche und wandte sich zu der Polizistin um, die schon seit Minuten in der Tür lehnte und auf eine Antwort wartete.

»Anzeige?«, fragte die Kollegin.

»Anzeige.« Den Kerl, der eine 14-Jährige betatscht hatte, wollte sie drankriegen. Bianca wies auf ihr Handy. Heute Abend klingelte es alle drei Minuten. »Moment.«

»Wir haben einen Anschlag auf die Wiesn«, sagte ihr Vorgesetzter, ehe sie sich mit ihrem Namen melden konnte.

»Was?« Bianca hob den Kopf und hielt das Telefon ein Stück vom Ohr weg. Sie lauschte, als erwartete sie eine Explosion, Massenpanik, Hysterie.

»In ›The Demon‹. Das ist die neue Geisterbahn.«

»Geisterbahn«, wiederholte Bianca. »O. k.« Gleichzeitig fragte sie sich, ob es überhaupt noch Geisterbahnen gab.

»Ich will, dass alle verfügbaren Kräfte augenblicklich bereitstehen.« Es klickte, als er auflegte.

»Natürlich«, sagte Bianca und starrte auf ihr Handy. Ein Anschlag war eine größere Sache als sexuelle Belästigung, Missbrauch und so weiter.

»Was ist jetzt?«, fragte die Polizistin.

»Rufen Sie so viele Leute zusammen, wie wir heute Nacht entbehren können!« Bianca ließ die Kollegin stehen und ging in den halbdunklen Vernehmungsraum, in dem ein kleiner, magerer, nach einer Überdosis Aftershave riechender Mann saß und sie unverschämt angrinste. Sie schaltete das Licht ein.

»Ich habe nichts gemacht, Frau Kommissarin!« Er streckte die kurzen Beine aus. »Ich habe nichts gemacht.«

7

Nero Keller betrachtete seine Hände. Es tat ihm leid für Freiflug. Seine Beförderungsfeier war in einem Desaster geendet. Es tat ihm leid für Kea, die er mit Engelszungen überredet hatte mitzukommen. Es tat ihm leid für sich selbst. Er hasste die schwarzen Ränder unter seinen Fingernägeln, aber er war nicht dazugekommen, sich zu waschen, sich zu besinnen oder auch nur eine ruhige Minute mit Kea zu telefonieren. Sie wurde jetzt vernommen, aber sie war nicht in der Bahn gewesen, und die Soko Geisterbahn würde sich zunächst auf die Zeugen stürzen, die während der Unglücksfahrt auf dem Weg durch das Gruselkabinett gewesen waren.

»Mit einem Mal blieben die Gondeln stehen. Der Strom fiel aus, kein Heulen, kein Jaulen mehr«, wiederholte Nero und kam sich vor wie in einer Endlosschleife. Den Kollegen, der ihm gegenüber saß, kannte er vom Sehen. Ein patenter Typ, vielleicht Anfang 30, sehr kurz geschnittenes, aschblondes Haar, Sweatshirt, eine Schlangentätowierung am linken Arm, wo normalerweise die Armbanduhr saß. Die trug er rechts. Oberkommissar Marek Weiß war Linkshänder.

»Noch einen Kaffee?«

»Danke, nein.« Nero streckte die Beine aus. Er fühlte sich unendlich müde.

»Der Junge ist tot«, erläuterte Marek Weiß. »Der Sensenmann war manipuliert. Jemand hat die Isolierung an der Hand weggekratzt. An sich nicht schlimm, aber die Figur hat den Arm nicht mehr weggezogen, als sich der Junge in seiner Gondel näherte. Die Hand des Sensenmannes hat sich auf seine Brust gelegt. Haben Sie ihn schreien hören?«

»Nein. Ich habe nichts gehört, nichts gesehen. In ›The Demon‹ blitzt und scheppert es an allen Ecken und Enden.«

»Die Presse sitzt schon in den Startlöchern. Die ersten Blogs im Internet wittern Skandale und Sensationen. Fordern, das Oktoberfest zu schließen. Ende, aus. Dabei haben sie erst vor vier Tagen eröffnet.«

»Haben Sie den Jungen identifiziert?«, fragte Nero.

»Er war mit einem ganzen Trupp Kumpels auf der Wiesn. Die Mutter eines dieser Buben hat die Gruppe begleitet. Sie war aber nicht mit in der Geisterbahn, sondern kaufte solange für die Bande was Süßes.

Marius Nedopil heißt das Opfer. 14 Jahre alt. Seine Eltern lebten getrennt, sein Vater ist vor ein paar Monaten gestorben. Der Name wird vorerst unter Verschluss gehalten.«

Nero kniff die Lider zusammen. Den Blick klein halten, um das Elend nicht zu sehen. »Soweit ich weiß, haben sämtliche Festzelte und auch die Fahrgeschäfte eine zweite Stromversorgung«, sagte er, um auf ein Terrain zurückzufinden, in dem der Tod keine Bedeutung hatte. Eben nur ein Fall war. Wie alle, an denen er gearbeitet hatte, damals, bei der Mordkommission in Fürstenfeldbruck.

»Haben sie. Die war ausgeschaltet. ›The Demon‹ lief nur noch auf einem Kabel, dann knallte die Sicherung durch, die Nabelschnur war gekappt. Aber erst, als der Junge schon tot war.«

»Dennoch ging die Notbeleuchtung an.«

»Nachdem der Knabe von der Aufsicht den passenden Schalter gefunden hatte.«

»Ich verstehe das nicht.« Nero sah durch das Fenster in den dunklen Nachthimmel. »So eine technisch aufgemotzte Bahn! Den Betrieb muss doch jemand überwachen.«

»Stimmt.« Marek Weiß legte den Bleistift weg. »Der Mann, der die Rechner und Monitore im Auge behält, lag sauber verschnürt auf dem Boden.«

Nero starrte den Kollegen an. »Spuren?«

»Bislang nicht viel. Wir werten die Kameras aus. Unsere Leute sitzen an den Bildschirmen und kriegen Pulver in die Augen, aber …«

Die Tür sprang auf und eine Frau hüpfte herein. Sie sah aus wie Meryl Streep. Nero kannte sie vom Sehen. Einmal war sie ihm in der Kantine vorgestellt worden, aber er erinnerte sich nicht an ihren Namen.

»Hallo«, grüßte sie lächelnd und nickte Nero zu. »Wir haben was. Schaust du mal rüber, Marek?«

Marek Weiß stand auf und machte Nero ein Zeichen mitzukommen.

Im Nebenraum standen zwei Fernseher. Vor einem hatte sich ein Teil der Soko Geisterbahn versammelt.

»Lasst es noch mal langsam laufen«, bat Meryl Streep. »Schaut genau hin.« Sie fuhr mit dem Zeigefinger über den Bildschirm. »Hier läuft eine schmale, zierliche Person an ›The Demon‹ vorbei. Piratentuch, Jeans. Und hier«, die Kollegin betätigte die Fernbedienung, »hier sind die Bildschirme dunkel.«

»Kabel gekappt!« Marek Weiß klopfte mit dem Bleistift gegen seine Zähne.

»Aber wir haben Zeugen, die mit ihren Digitalkameras ›The Demon‹ filmten, nachdem dort mächtig was los war.« Die Beamtin verdrehte die Augen. »Wir kennen das ja. Nun seht euch das an.«

Auf dem zweiten Fernseher startete ein Film, handgestrickt, verwackelt, aber er zeigte erkennbar die Geisterbahn. Nero rückte näher an den Bildschirm.

»Den haben wir von einem Zeugen. Gedreht auf der Handykamera. Wenn man zoomt«, sie betätigte eine Fernbedienung, »erkennt man, dass jemand von der Seite, im Durchgang zur Salzgurkenbude, die

Geisterbahn verlässt. Schmaler Körperbau. Kein Gesicht zu erkennen. Wir haben das geprüft. Dort befindet sich ein Nebeneingang für die Technik. Normalerweise mit einem doppelten Schloss gesichert und durch eine Kamera überwacht. Da kommt keiner rein.«

»Wunschträume!«, meldete sich eine Kollegin zu Wort, deren schwarzes Haar in Stacheln von ihrem Kopf stand. »Man kommt jederzeit überall rein, wenn man weiß, wie.«

»Wie auch immer«, sagte Marek Weiß. »Haben wir mehr Bildmaterial von dem Knaben, der dort spazieren geht, Ute?«

»Die Kollegen checken gerade die U-Bahnhöfe«, erläuterte Kommissaranwärterin Ute Timmer, der Stachelkopf. »Das Übliche.«

»Habt ein Auge auf die Müllcontainer am Weg zur Haltestelle Theresienwiese. Die Maskerade muss irgendwo entsorgt worden sein.«

»Wieso Knabe?«, fragte Nero. »Das könnte auch eine Frau sein.«

Alle Gesichter wendeten sich ihm zu.

»Verzeihung, ich habe ganz vergessen, den Kollegen vorzustellen.« Weiß rieb sich das Gesicht. »Hauptkommissar Nero Keller, Dezernat Informations- und Kommunikationstechnik.«

»Brauchen wir euch?«, witzelte jemand.

»Ich war in der Bahn«, sagte Nero. »Kollege Roderick und ich haben den Jungen beatmet. Aber es war zu spät.«

»Ich begleite Sie nach draußen.« Meryl Streep legte die Fernbedienung ab und erhob sich. Sie trug eine weiche, fließende Blümchenbluse und einen Jeansrock. Nero folgte ihr auf den Korridor. Sie bewegte sich in einem sonderbar hüpfenden Gang, wie ein Kind, das sich auf sein Geburtstagsfest freut. Zu seinem eigenen Büro hatte er es nicht weit. Er hoffte, Kea würde dort warten. Irgendeiner seiner Kollegen kümmerte sich bestimmt um sie. Morgen wollte sie ein Auto Probe fahren. Vielleicht kaufen. Es gab normale Dinge auf der Welt zu tun. Nero atmete tief durch.

»Müssen wir von Mord ausgehen?«, fragte er. Er sehnte sich nach Kea. Mehr noch: Er sehnte sich danach, in ein Zuhause zu kommen, wo es keine Komplikationen gab. Er wollte nicht in seiner Singlewohnung sitzen. Er wollte mit ihr zusammenleben, ohne Wenn und Aber. Die Vorläufigkeiten hatte er satt.

»Denken Sie an den ganzen Aufwand. Einen Techniker k. o. kriegen, die Stromversorgung cutten, die Isolierung am Sensenmann entfernen, den Moment abpassen, wo eine bestimmte Gondel genau diesen manipulierten Abschnitt passiert ... Sieht das in Ihren Augen nicht nach Planung aus?«

Schlagartig fiel ihm ihr Name ein. Sandra Berlin. Das klang nach einem Pseudonym, aber sie hieß wirklich so.

»Ein Kind, Frau Berlin«, insistierte er. »Wer sollte ein Kind umbringen wollen? Der Bub war gerade mal 14. So ein dünnes Kerlchen.« Er streckte die Hände vor und deutete einen Durchmesser von nicht mehr als 30 Zentimetern an.

»Wir warten auf den rechtsmedizinischen Befund, wir ermitteln in alle Richtungen, und wir finden etwas«, sagte Sandra Berlin lächelnd. »Und Sie gehen nach Hause und ruhen sich aus. Bitten Sie Woncka um ein paar freie Tage. Er frisst Ihnen doch aus der Hand.«

»Woncka – mir?« Verblüfft sah Nero in Sandras tiefblaue Augen.

Sie strich sich die Locken zurück.

»Manches macht eben die Runde, und ich habe gehört, Woncka hält große Stücke auf Sie. Freuen Sie sich doch, er ist ohnehin schwer zu ertragen, seit er eine neue Freundin hat.«

»Woncka hat eine Freundin?« Das klang in Neros Ohren, als sei der Mount Everest um die Hälfte gekürzt worden. Über Nacht.

»Wo leben Sie? In der Gummizelle?«, fragte Sandra lachend. »Er hat eine Frau kennengelernt und gefällt sich in der Rolle des Galan. Immer schick angezogen. Hat sich neue Anzüge schneidern lassen. Nach Maß.«

»Warum ist er ungenießbar, wenn er …«

»Es handelt sich um eine sehr forsche junge Dame. 25 und frisch von der Uni. Hat sich hier beworben. Woncka ist ihr auf den Leim gegangen.« Sandra blinzelte ihm zu. »Bis bald, Herr Keller.« Sie drehte sich um und ging in den Besprechungsraum zurück.

8

Sandra Berlin klingelte Punkt 20.30 Uhr an der Tür eines Einfamilienhauses in Laim. Neben ihr trat Marek Weiß von einem Fuß auf den anderen. »Du weißt, wie ich das hasse«, murmelte er.

»Dann lass mich reden.«

Eine Frau öffnete die Tür. Sie trug eine bestickte Bluse und einen weiten Rock. Beides erinnerte an Folklore. Lange Ponyfransen hingen ihr in die Stirn. »Ja?«

»Sind Sie Astrid Nedopil?«

Die Frau nickte. Sie war blass. Sie weiß es, dachte Sandra. Sie spürt es.

»Ich bin Hauptkommissarin Sandra Berlin. Mein Kollege, Marek Weiß. Wir sind vom Landeskriminalamt. Dürfen wir einen Moment hereinkommen?«

»Ist was mit Marius? Er müsste längst zu Hause sein. War mit seinen Freunden auf der Wiesn.«

Sandra fand, dass Astrid Nedopil krank aussah. Fahrig kramte sie eine Brille aus einer Handtasche, die auf dem Garderobenbord stand, und setzte sie auf die Nase. Sie vergrößerte ihre Augenpartie ins Skurrile.

»Setzen Sie sich.« Astrid Nedopil ging den Polizisten voraus in ein chaotisches Wohnzimmer. Socken auf dem Tisch, neben einem halb aufgegessenen Guglhupf und irgendwelchen technischen Teilen aus einem Elektronikbaukasten, der mitten auf dem Teppich stand.

»Mein Sohn bastelt gern.« Astrid Nedopil wies auf zwei Sessel. Sie selbst setzte sich aufs Sofa.

»Wir müssen Ihnen mitteilen, dass es auf der Wiesn ein Unglück gegeben hat«, sagte Sandra. »Ihr Sohn ist von einem Stromschlag getroffen worden. In der neuen Geisterbahn. Er ist tot.« Sie leckte sich die trockenen Lippen. Das Schlimmste war geschafft. Sie hatte ihre Sätze abgespult, ohne Zögern, ohne Stottern. Sie hatte es einfach getan. Es half ja nichts. Warten, um den heißen Brei herumreden, machte alles noch viel schlimmer.

Astrid Nedopil wurde noch blasser. In dem schmalen Gesicht war kein Farbschimmer mehr zu sehen.

»Tot?«, fragte sie.

»Der Stromschlag kam von einer Figur in der Bahn. Wir warten noch auf den rechtsmedizinischen Befund, aber wir nehmen an, dass Ihr Sohn sofort tot war. Der Strom floss direkt in seinen Brustkorb. Wahrscheinlich ist er an einem Herzstillstand gestorben.« Das klingt jetzt geschwollen, dachte Sandra.

»Aber …«

»Er fuhr allein in einer Gondel«, schaltete Marek Weiß sich ein. »Seine Freunde waren alle zu zweit, er allein.«

»Das kann nicht sein!« Astrid Nedopil sprang auf. Sandra fürchtete, sie würde mit dem Kopf gegen die

Wand rennen. Neben ihr spannte Marek die Muskeln an. Der springt zur Not auf und hält sie fest, dachte Sandra und legte dem Kollegen kurz die Hand aufs Knie.

»Frau Nedopil, wir brauchen noch ein paar Informationen von Ihnen«, sagte sie. »Die sind wichtig, damit wir diesen Fall aufklären können.«

»Fall?« Astrid Nedopil drehte sich um. In ihren Augen schwammen Tränen, grotesk vergrößert von ihren Brillengläsern. »Fall?«

»Das war kein Unfall«, brachte Sandra ihr Hauptproblem auf den Punkt. »Davon können wir mit Sicherheit ausgehen.«

»Kein Unfall?«

»Nein«, sagte Marek Weiß. »Kein Unfall. Die Figur war manipuliert.«

Hoffentlich verschweigt er ihr, dass die Figur der Sensenmann war, dachte Sandra.

»Die zweite Stromversorgung war gekappt, der Mann an den Überwachungsmonitoren lag betäubt und gefesselt im Kontrollraum. Die Isolierung an der Geisterfigur war entfernt. Jemand hat sich viel Mühe gemacht.«

»Warum sollte jemand meinen Sohn umbringen wollen? Er ist ein kleiner Junge! Er hat niemandem etwas getan!«

»Das ist unsere Aufgabe. Genau das herauszufinden.« Sandra gab ihrer Stimme einen frischen, tatkräftigen Klang.

»Wollen Sie was trinken? Was essen?« Astrid

Nedopil stand mitten im Raum, das Haar zottelig, die Brille schief auf der Nase.

Erstaunlich, wie Menschen funktionieren, dachte Sandra. Sie hatte selbst zwei Kinder. Zwei Söhne. Sechs und zehn Jahre alt. Warum trifft es die einen, und die anderen werden verschont?

»Wer das Opfer des Anschlags sein sollte, wissen wir noch nicht«, erklärte Marek Weiß geduldig. »Vielleicht sollte es auch nur irgendjemanden treffen. Aber da Ihr Sohn das Opfer ist, brauchen wir Ihre Hilfe. Ist etwas vorgefallen, in jüngster Zeit, das Sie nun in Verbindung bringen mit dem Mord an Ihrem Sohn?«

Oh, Marek, dachte Sandra. Er versucht, einfühlsam zu sein, aber es ist schrecklich.

Astrid Nedopil schwieg. Ihr Blick verlor sich auf dem Teppich, der seit Wochen nicht mehr gesaugt worden war.

»Wo ist Ihr Mann, Frau Nedopil?«, fragte Sandra. Es war nur eine Frage, um einen Ansatz zu finden. Sie hatte längst recherchiert, dass Astrid Nedopil nicht verheiratet war. Aber einen Vater musste der Junge ja haben.

»Tot. Gestorben. Vor sechs Monaten.«

Sandra schnappte nach Luft.

»Das tut uns leid«, sagte Marek Weiß. Sandra starrte auf die Tätowierung an seinem Handgelenk.

»Er hatte Krebs. Hat keiner erkannt. Noch drei Wochen vor seinem Tod haben die Ärzte ihm beste

Gesundheit attestiert. Nichtraucher. Stirbt an Lungenkrebs. Darf das wahr sein?« Sie sah erst Sandra, dann Marek ins Gesicht. »Darf das wahr sein?«

Tag 2

9

»Herzchen«, sagte Juliane, »an manchen Tagen passiert alles und an anderen nichts. So ist das Leben. Muss mit Mathematik zu tun haben, aber ich bin nicht die richtige Instanz, dich in Sachen Tangens und Sinus und blabla zu beraten.«

»Tangens?« Ich starrte sie an. Das Haar raspelkurz, überdimensionale goldene Kreolen in den Ohren. Ein rotes T-Shirt mit Paillettenaufschrift: ›Elvis forever‹.

Wir standen auf dem Hof des Alfa-Romeo-Händlers. Die Sonne brannte herunter, ignorierte den meteorologischen Herbst, die sich bunt färbenden Blätter, das trockene Laub zu unseren Füßen. München weiß-blau. So wie alle Touristen es sich zum Oktoberfest erträumten. Wieder ein Stereotyp gefestigt.

»Mach dich doch nicht verrückt.« Juliane schob die Hände in die Jeanstaschen. »Ein Kind ist in der Geisterbahn verunglückt. Das ist schrecklich, schockierend. Aber nicht alles, was geschieht, geht dich an.«

»Damit stehst du aber nicht in guter Tradition«, spöttelte ich. »Günther Eich schreibt: Alles, was geschieht, geht dich an.«

»Blödsinn. In der zweiten Reihe sieht man auch noch gut.«

»Nero hat den Buben beatmet. So, wie es aussieht, ist er ermordet worden. Das war kein Unfall.«

»Nein, die Zeitungen überschlagen sich ja schon! Dumm für die Betreiber von ›The Demon‹. Entweder will jetzt keiner mehr mitfahren, oder alle stehen auf den besonderen Nervenkitzel.«

»Im Zweifelsfall ist es Werbung und bügelt die Umsatzverluste von gestern aus. Noch am Tag des Mordes hatte ›The Demon‹ in den Zeitungen Gutscheine für eine Freifahrt. Die Leute haben sich gegenseitig die Zehen plattgedrückt, um reinzukommen!«

»Also bleibt das Bähnchen in den Schlagzeilen!« Juliane seufzte.

»Wenn der Sensenmann anrückt«, witzelte ich, »flach in die Gondel legen. Aber kannst du mir mal sagen, wer ein Kind umbringen will?«

»Es gibt überall Verrückte.«

»Den Kontrollmann überwältigt, die zweite Stromversorgung abgeschnitten, den Sensenmann manipuliert und so weiter. Nero meint, das kann ein einzelner Täter kaum geschafft haben! Wenn, dann muss es schon ein Technik-Freak sein, der sich perfekt auskennt und akribisch planen kann. ›The Demon‹ ist das Modernste vom Modernen, komplett computergesteuert. Nach Fuzzy Logic.«

»Die Presse spekuliert über den Knaben mit dem Piratentuch«, sagte Juliane cool. »Ich abonniere ja keine Zeitung, sondern lese immer quer im Blattsalat. So kriegst du den richtigen Eindruck von der Welt.«

»Ein 14-Jähriger! Die arme Mutter!« Ich dachte kurz an Neta und Liliana und ihre warmherzige Zuneigung, die sie so offen zeigten. Der Gedanke machte mich seltsamerweise aggressiv.

»Mäuselchen«, begann Juliane. Wenn sie mir so kam, war sie mit ihrer Geduld am Ende. »Millionenmal in diesem Augenblick geschehen schockierende Dinge auf unserem Planeten. Wenn du dich in jedes einzelne Desaster hineinsteigern willst, nur zu! Aber erwarte nicht von mir, dass ich die Seelsorge übernehme. Was ist jetzt mit dem Wagen?« Sie tätschelte den tomatenroten Spider. »Nun mach schon, wage eine Entscheidung!«

Ich hatte eine Schwäche für italienische Autos. Insofern passte ich gut zu Nero. Oder auch wieder nicht. Er liebte Italien, versuchte sich seit Jahren mit dem Erlernen der italienischen Sprache. Doch wenn es um Autos ging, war er ganz versessen auf Sicherheit aus Schwedenstahl.

Alfas besaßen ein sportliches Herz. Genau das, worauf es mir ankam. Diese Vehikel widersetzten sich dem Begriff ›praktisch‹. Eine Familienkutsche brauchte ich wahrhaftig nicht.

»Und?« Sven Kraus, der Verkäufer, tauchte hinter uns auf. »Wie war die Probefahrt?«

Mit Juliane hätte mir sogar die Probefahrt in einer Ente Spaß gemacht. Ich war dankbar, dass Nero von seiner Arbeit zu absorbiert war, um mit mir über die Landstraßen zu brettern. Mit Juliane auf dem Beifahrersitz durfte ich so richtig aufs Gas drücken und Geschwindigkeitsbeschränkungen getrost übersehen. Deshalb würde ich jetzt Nägel mit Köpfen machen. Ich war immer noch allein entscheidungsfähig. Ohne Mann.

»Es soll auf alle Fälle wieder ein Spider sein. Ein neuer.« Mir fiel ein, dass ich gerade eine kreative Auszeit nahm und meine Einnahmen stagnierten.

»Sie haben einen Oldtimer gefahren, stimmt's?« Kraus lachte. »Nehmen Sie den neuen und Sie haben sommers wie winters keine Probleme.«

»Ich hatte niemals irgendwelche Probleme«, hielt ich dagegen und spürte, wie Tränen meine Augen kitzelten. Bei einer Explosion in die Luft geflogen. Mein kuscheliger alter Schlitten!

»Wenn Sie ihn leasen, sind Sie mit 295 Euro pro Monat dabei. Als gute Kundin!«

Ich grinste. »Was meinst du, Juliane?«

»Rechne ihn als Geschäftswagen ab«, schlug sie vor. Ein sonderbarer Kommentar, wenn man bedachte, dass Juliane noch im Jahr 2009 den Werten des Sozialismus verpflichtet war.

»Ein Cabrio für den Winter?«, überlegte ich laut.

»Verdammt, Kea! Heißt du Nero Keller oder was? Seit wann denkst du denn praktisch!«

Ich lachte. »Ich nehme ihn. Genau diesen. Keine langwierigen Bestellungen. Sind wir uns handelseinig?« Das mit den stagnierenden Einkünften würde ich schon regeln. Das nächste Projekt würde kommen, ich musste nur meine Mails checken, bestimmt häuften sich die Anfragen.

Sven Kraus wuchs um einige Zentimeter. »Natürlich!«

»Ich kriege Winterreifen dazu. GPS und einen CD-Wechsler.«

»Wir können über alles reden, Frau Laverde.«

»Winterreifen, GPS, CD-Wechsler. Ohne Extrakosten.«

Sven Kraus hob die Hände. »Wenn Sie diesen hier mitnehmen wollen ... Ein Vorführwagen, hat allerdings schon ein paar Kilometer drauf. Navi ist drin, CD-Wechsler auch.«

»Mit Winterreifen ist er meiner.«

»Ich kapituliere. Gehen wir in mein Büro.«

Ich folgte ihm durch den Verkaufsraum. Lange Girlanden flochten sich durch den Raum, daran baumelten Lederhosen, Gamsbarthüte, Dirndl, Brezeln, quietschbunt auf Pappe gedruckt. Kraus streckte den Zeigefinger in die Luft: »Im Sinne unseres Chefs. Die Leute haben Spaß auf der Wiesn. Egal, was da alles passiert.«

»Ach, Herr Kraus?«

Er drehte sich zu mir um.

»Der erste Kundendienst ist im Preis inbegriffen.«

Kraus verdrehte die Augen.

Eine Stunde später stieg ich in mein neues Auto. Was für ein Gefühl. Tomatenrot und meines. Wir schnallten uns an. Ich drehte den Zündschlüssel und begegnete Julianes Blick.

Sie grinste. »Go! Seltsam, manchmal kann man sich nur auf Amerikanisch ausdrücken.« Sie schob eine CD von Diana King in den Player. Ich stieß zurück und fuhr vom Hof des Autohauses.

»Wohin?«, fragte ich.

»Innenstadt!« Juliane tippte wie wild auf den Tasten des CD-Spielers herum. »Dreh ein paar Ehrenrunden auf der Ludwigstraße. Nur um denen mal zu zeigen, wer wir sind.«

»Wem? Den Schickis?«, schrie ich gegen den Fahrtwind.

›Forever, and ever, you'll stay in my heart and I'll love you‹, trällerte Diana King. Stets und überall der Traum von der Liebe.

»Wem auch immer. Ich liebe Cabrios.« Juliane lehnte sich zurück. Ich drehte die Lautstärke hoch. Der milde Septemberwind blies durch unser Haar.

›Forever and ever we never will part, oh, how I'll love you.‹

»Kindchen!« Julianes Fransen standen in alle Richtungen. Sie stülpte eine Baseballkappe über ihren Kopf. »Wenn du mich fragst, da sollte jemand ganz anderes umgebracht werden. Ein ganzes LKA-Team in ›The Demon‹ – das ist doch die ideale Chance für Durchgeknallte, die Rache nehmen wollen. Wofür auch immer!«

10

Nero hatte nur eine Tasse Tee im Magen. Er stand auf dem Gang vor Sandra Berlins Büro. Kea war am Morgen abgedampft, um mit Juliane zum Autohaus zu fahren. Sie war nicht einmal auf die Idee gekommen, ihn zu fragen, ob er mitkommen wollte. Immer Juliane! Wenigstens schliefen die beiden nicht miteinander. Wobei man bei Kea nie wissen konnte und bei Juliane noch weniger. Nero spürte Eifersucht aufsteigen. Er musste zugeben, es war zu einem großen Teil Juliane zu verdanken, dass er und Kea ein Paar waren. Sie hatte, nachdem sie Neros seelische Not intuitiv erfasst hatte, bei Kea aufs Gas gedrückt. Dieser Mann will dich. Also halte dich ran. Juliane durfte das. Sie war überhaupt die Einzige, die bei Kea irgendetwas durfte.

Sind wir ein Paar, Kea und ich?, dachte Nero. Kea konnte ganz schön hart gegen sich selbst sein, aber auf seine Bedürfnisse nahm sie genauso wenig Rücksicht wie auf ihre eigenen. Wütend kickte er mit dem Fuß an den Türsturz. Klopf vernünftig an, dachte er und hob die Hand. Da öffnete sich die Tür und Sandra Berlin stand vor ihm.

»Herr Kollege, kommen Sie rein.«

Nero murmelte eine Begrüßung und trat durch die Tür. Sandra trug seidige, weich fallende Sommerhosen, eine Bluse und eine Strickjacke. Sie mochte sich kleiden wie ein Frauchen aus einer Hausfrauenserie, sie sah darin so sexy aus, dass Nero seine Vorliebe für mollige Frauen vergaß.

»Ich nehme an, Sie interessieren sich für den Report unseres Rechtsmediziners.« Sie strich sich die Locken aus der Stirn und wies auf ihren Schreibtisch. »Ein ziemliches Chaos. Wir haben gleich Sitzung.« Sie angelte ein paar Papiere aus dem Haufen auf ihrem Tisch. »Der Arzt sagt, der Junge wäre sofort tot gewesen. Kammerflimmern und Herzstillstand. Bei einer Stromstärke von weit mehr als 50 Milliampere kein Wunder. Die Hand des Sensenmannes legte sich direkt auf die Brust des Jungen. Sie haben ihn beatmet: Haben Sie die Strommarke nicht gesehen?«

»Nein.«

»Auf zarter und feuchter Haut sieht man sie nicht so gut«, nickte Sandra. »Der Junge hat geschwitzt, es war warm in der Bahn …«

»Ja, ich erinnere mich. Als wir einfuhren, schien mir die Luft extrem stickig.« Mit Schrecken dachte er an die enge Gondel, in der er kaum seine langen Beine untergebracht hatte, ohne an Sigruns Füße zu stoßen.

»Man hat dann keine Zeit, auf irgendetwas zu achten, nicht wahr?«, sagte Sandra Berlin. »Schon traurig. Der Vater des Jungen ist erst vor wenigen Monaten gestorben. An Krebs. Möchten Sie Kaffee?« Sie wies zur Kaffeemaschine auf dem Fensterbrett.

Instinktiv legte Nero seine Hand auf den Magen. »Nein, danke.«

»Sodbrennen?«

Er winkte ab. »Die arme Frau.«

»Sie war mit dem Vater des Kindes nicht verheiratet. Was auf einen komplexen Hintergrund schließen lässt.«

»Muss nicht«, erwiderte Nero. Warum zum Teufel konnten sich die wenigsten Menschen zu einer Entscheidung durchringen, wie und mit wem sie leben wollten? Konnte das wirklich so schwierig sein?

Sandra lachte. »Ich bin alleinerziehend. Und das ist immer kompliziert, machen wir uns nichts vor.«

»Der Junge sah käseweiß aus!« Nero sicherte sich Boden auf einem unverfänglichen Terrain.

»Wegen der fehlenden Pumpleistung des Herzens sehen die Opfer nicht blau, sondern blass aus, obwohl die Atemmuskulatur krampft.« Die Hauptkommissarin fuhr mit dem Finger über den Befundbericht.

»Was sagt die Kriminaltechnik?«, fragte Nero. Er gehörte nicht zu Sandras Team. Dennoch weihte sie ihn ein. Wahrscheinlich, weil sie genügend Empathie besaß, um zu erkennen, wie nahe ihm der Tod des Jungen ging. Sich mit dem Fall zu beschäftigen, gab ihm die Chance, seinen Schrecken loszuwerden, langsam abtropfen zu lassen wie Spülwasser. Um in einigen Tagen nur noch durch die Zeitungsberichte an seine Erlebnisse erinnert zu werden.

»›The Demon‹ ist mit zwei separat laufenden Stromanschlüssen ausgestattet. Wenn einer ausfällt, springt automatisch der zweite an. Das System ist x-mal getestet worden und – mit Verlaub – affensicher. Drei Angestellte pro Schicht sorgen für den reibungslosen Ablauf. Also sechs Leute insgesamt, dazu kommen aber noch erwachsene Kinder, Cousinen, Ehefrauen, die auch mithelfen.«

»Und ein- und ausgehen, wie es ihnen passt.«

»Einer sitzt im Kassenhäuschen, einer überwacht den Zu- und Ausstieg der Fahrgäste. Der dritte Mann sitzt im Videoraum an den Monitoren. Dort gibt es für jede Figur ein Schaltpult. Die Gruseleffekte arbeiten automatisch. Eine Gondel nähert sich einem bestimmten Abschnitt, löst den Effekt aus, und wenn sie den Abschnitt verlässt, verstummt der Effekt. Insofern hätte der Sensenmann seine Hand zurückziehen müssen, als die Gondel des Jungen den Sensor passierte, der dem Computer das Abschnittsende meldet. Doch die Software war umprogrammiert. Der Mann von der Technik, der ausgeknockt am Boden lag, gab bei der ersten Vernehmung an, dass der Eindringling einen eigenen Rechner mitgebracht haben muss. Ein USB-Kabel war aus einem der Hauptrechner im Kontrollraum ausgetöpselt. Der Mann erinnert sich, dass es zuvor im Anschluss steckte.«

»Dann hat der Mörder einen eigenen Laptop dabeigehabt.«

»Wenn der Techniker recht hat, ja.« Sandra sah auf die Uhr. Sie trug eine von diesen bunten Swatches, die Leonor so gern gemocht hatte. Leonor. Seine erste Frau. Seine große Liebe. Die Frau seiner Träume, die in seinen Armen gestorben war. Nero konzentrierte sich auf Sandras weiches Gesicht, als sie weitersprach. »Unsere Leute meinen, die einfachste Möglichkeit, ein paar Sicherungen außer Gefecht zu setzen, wäre, ein eigenes Programm einzuspielen, das bestimmte Funktionen der ursprünglichen Software überspielt. Sie müssen sich doch darunter viel mehr vorstellen können als ich!« Sie lächelte. Wangengrübchen. Wie Leonor.

»Wie wurde der Techniker ausgeknockt? Irgendjemand sprach von Schlafmittel.«

»Nein, der Techniker behauptete bei der zweiten Vernehmung, jemand hätte ihn von hinten niedergeschlagen. Ein gezielter Schlag auf die Halsschlagader.«

»Wie lange war er bewusstlos?«

»Schwer zu sagen, aber nicht besonders lang. Wahrscheinlich weniger als zehn Minuten.«

»In der kurzen Zeit soll der Täter die Software umgestrickt haben?«

»Allein, dass der Sensenmann seine Hand nicht zurückzog, hätte den Jungen noch nicht umgebracht«, fuhr Sandra fort. »Der Mörder hat die Isolierung an der Hand entfernt. Das muss nach den Aufbauarbeiten geschehen sein. Denn laut Betreiber hat der TÜV ›The Demon‹ auf Herz und Nieren überprüft, nachdem die Bahn startklar war. Die gehen jede einzelne Figur ab, jedes Requisit.«

»Wie kommen die Angestellten rein?«

»Mit Chipkarte. ›The Demon‹ ist keine Schiffsschaukel, sondern ein hochgerüstetes digitales Wahnobjekt. Aber die Ehefrau, der Sohn oder von mir aus die Cousine haben Zugang zu den Technikräumen, indem sie demjenigen, der gerade Dienst schiebt, eine Kusshand zuwerfen.«

»Wieso schleppen die ihre Verwandtschaft mit?«

»Kommen alle aus Rumänien.« Sandra lächelte entschuldigend. »Geiz ist geil, und Lutz Göschner, der Betreiber, hat mit der Hightech schon so viel ausgegeben, dass er sich ein kompetentes Team für ›The Demon‹ nicht mehr leisten wollte. Besorgte sich billige Arbeitskräfte am Ostrand der EU. Bis auf Göschner selbst und den Spezialisten, der sich rund um die Uhr kümmert, wenn was ausfällt, kommen alle vom Schwarzmeerstrand.«

Nero wollte etwas sagen, das klang wie ›kenne ich‹, ›ist immer so‹, ›ist ja nichts Neues‹, aber dann war er die Kommentare leid und nickte nur.

»Wenn die Bahn in Betrieb ist, scannt der Computer permanent die Gruseleffekte, die Abläufe, den Stromverbrauch und so weiter«, berichtete Sandra weiter. »Sollte sich etwas ändern, wird der Spezialist alarmiert. Der schläft während der Wiesn mit dem Handy auf dem Kopfkissen, schätze ich.«

»Wie kam der Mörder rein, um seine Vorbereitungen zu treffen? Wieder eine Kamera ausgeschaltet? Ohne dass es jemand gemerkt hat? So wie gestern?«

»Voraussichtlich ist dem Mörder dieses Kunststück gelungen. Nachdem der TÜV alles kontrolliert hatte! Göschner«, Sandra blätterte in ihren Papieren, »druckste herum, als er gefragt wurde, wie die Sicherheit gehandhabt wird.«

»Also hat er auch an dieser Stelle gespart.«

»Sobald alles aufgebaut war, hat er seine Leute zum Bier eingeladen. Die haben sich, gelinde gesagt, die Kante gegeben.«

»Und ›The Demon‹ lag solange verwaist da«, vollendete Nero. »Bis auf die Ehefrauen, die Cousinen und Söhne, die vielleicht nicht ganz so besoffen waren und eventuell jemanden gesehen haben könnten, aber sie sprechen alle kein Deutsch und die Rumänisch-Dolmetscher sind überlastet, außerdem haben sie Angst oder sie leiden an einer transienten Globalamnesie und wissen von nichts.« Weil es sowieso besser ist, nichts zu wissen, wenn es um einen Job geht, fügte er für sich hinzu. »Ich muss los.«

»Ich halte Sie auf dem Laufenden«, versprach Sandra und klemmte einen Stapel Unterlagen unter ihren Busen.

11

»Alle reden von einem Mörder. Nicht von einem Täter. Ist dir klar, was das bedeutet?« Markus Freiflugs Hand knallte auf die aufgeschlagene Zeitung vor ihm. »Die Presse hat Spaß, die Leute von ›The

Demon‹ haben von ihrem Chef Redeverbot bekommen, das Ausländeramt kriegt die Krätze, weil offensichtlich einige der Angestellten auf der Geisterbahn keine Arbeitserlaubnis haben, und, und, und.«

Das Fenster stand offen und ließ die kühle Septembermorgenluft in das winzige Büro strömen. Freiflugs Rechner lief schon. Der Lüfter summte überlaut. Nero setzte sich auf seinen Schreibtischstuhl und rieb sich den Bart. Er war schon zu lang geworden. Normalerweise trimmte Nero ihn auf genau drei Millimeter. Das Sodbrennen wurde schlimmer. Er musste in die Kantine und irgendwas essen.

»›The Demon‹ kommt aus den Schlagzeilen nicht mehr raus«, nickte er. »Erst Werbung und Freifahrtscheine, dann ein Mord.«

»Ja. Mord. Scheiße.« Freiflug hob einen Pappteller hoch, auf dem zwei Stücke Zwetschgenkuchen lagen. »Willst du?«

Nero schüttelte den Kopf.

»Fragt man sich doch, cui bono«, dozierte Freiflug. »Wem nützt es. Entschuldige, manchmal muss ich den Humanisten raushängen lassen. Wer wollte dieses Krisperl umbringen? Einen 14-jährigen Buben? Mutter alleinerziehend. Vater vor Kurzem gestorben.«

»Haben wir etwas damit zu tun?«, wollte Nero wissen. Er hatte nur noch den Wunsch, sein nächstes Fortbildungsseminar vorzubereiten, das er in Passau halten sollte. Im Frühsommer war er in Landshut bei der Aufklärung eines Falles beteiligt gewesen, in dem das Abfischen von sensiblen Daten aus dem Netz eine zentrale Rolle gespielt hatte. Aufgeklärt haben wir eigentlich nicht viel, dachte er selbstkritisch und schaltete seinen Computer ein. Aber die Kollegen vor Ort waren mit den Sachverhalten ziemlich überfordert gewesen.

»Ich darf mitspielen«, stöhnte Freiflug. »Wer hätte das gedacht.«

»Du?« Nero sah von seinem Bildschirm auf. Dahinter fühlte er sich sicher. Theorie. Virtualität. Dinge, die auf einem Siliciumchip geschahen, nicht in der Wirklichkeit. Auf seinem Desktop erschien ein Foto von Kea zur Begrüßung.

»Glaub es oder nicht, die haben mich abgeordert, den Computerkram von ›The Demon‹ durchzuchecken. Die Techniker, die bislang dran waren, meinen, es könnte ein Virus eingeschleust worden sein, das den ganzen Dreck ausgelöst hat.«

»Und ein Virus hat die Hand des Sensenmannes so ausgezehrt, dass die Isolierung weggeschmolzen ist«, juxte Nero. Er zuckte zusammen, als ein Windstoß das Fenster zustieß.

»Im Ernst. Es gibt Anzeichen.«

»Wie soll das Virus ins System gekommen sein?«

»Über einen externen Rechner.« Markus Freiflug wedelte mit einem Zettel. »Angeblich hat der Mörder seinen eigenen Laptop dabeigehabt.«

»Das hat Sandra mir auch gesagt.«

Freiflug sah hoch. »Wie? Sandra? Aha!« Er grinste und zurrte seinen Pferdeschwanz fest. Die Geste erinnerte Nero an Kea. Sie machte das auch immer so. Kea. Überall Kea.

»Ich habe mich eben bei ihr informiert. Aber sie hat nichts davon gesagt, dass eine Anfrage an unsere Abteilung gegangen wäre.«

»Die ermitteln wie die Verrückten. Woncka hat vor zehn Minuten angerufen und mir ins Ohr gehustet, ich sollte mich ranhalten. Bodo darf es nicht machen, weil er mit dir den Knaben beatmet hat, du hängst ohnehin in deinen Lehrgängen drin, Kröger hat ab heute Urlaub, und unserer Sigrun traut Woncka nicht über den Weg.«

»Was wir dann wieder büßen müssen«, seufzte Nero und rief seine Mails auf. »Weil die arme Frau von den Männern nur untergeordnete Arbeiten zugewiesen bekommt.«

»Womit sie recht hat«, bestätigte Freiflug.

Sieh an, der konservative Bajuware, dachte Nero. Er sieht aus wie ein Linker, denkt wie ein Konservativer, redet wie ein Grüner, aber was ist er eigentlich wirklich?

»Was geschieht jetzt mit ›The Demon‹?«, lenkte er ab. »Dürfen sie heute den Betrieb wieder aufnehmen?«

»Wenn die Figur gerichtet, der Betrieb zweimal durchgetestet und nicht zu beanstanden ist«, sagte Freiflug. »Sie hatten gestern einen enormen Verdienstausfall. Nach all der Werbung, die sie geschaltet haben, standen die Leute mit ihren Freitickets vor verschlossener Geistertür.«

»Dafür kommen heute umso mehr Fahrgäste, darauf wette ich. Das ist der Gruseleffekt des echten Lebens, jenseits von Sensenmann und Graf Dracula.«

»Gib zu, die Bahn ist der Hit!« Freiflug faltete seine Zeitung zusammen. »Ich war immer ein Anhänger der Nostalgiebahnen. Der gute alte Gespenstertrott! Aber in ›The Demon‹ ist richtig was los. Nennen wir es lebensecht, was wir dort zu sehen bekommen. Da kriegt die Nebenniere endlich mal was zu tun. Das Adrenalin fetzt dir durch die Adern – wow!« Elegant schleuderte Freiflug die Zeitung gegen das Fenster, wo sie eine Wespe traf, die der Spätsommer und Freiflugs Zwetschgenkuchenfrühstück ins Büro gelockt hatten.

Nero hatte die Fahrt in der Geisterbahn nicht genossen. Nicht einmal die halbe Fahrt, mit Sigrun neben sich in der Gondel, dem plötzlichen Stillstand, der beginnenden Panik, als die Notbeleuchtung anging. ›The Demon‹, genau der richtige Name. Ein Dämon, der nicht im Außen lauerte, sondern im Kopf, im Geist, im Herzen. Der immer anwesend war, die Zähne bleckte. Glaubte nicht Kea an einen Dschinn in ihrem Badezimmer?

Und wieder Kea, dachte Nero. Zornig klickte er auf seine Posteingangsbox. 20 neue Nachrichten. So begannen Tage, die er am liebsten als Flüchtling beendet hätte, egal, wohin die Reise ihn führen würde.

»Was ist mit deiner Koordinierungsstelle?«, fragte

er halbherzig. Die Wespe schwirrte über den Fußboden. Getroffen, aber nicht tot.

»Die baue ich trotzdem weiter auf. Der Rechner-Check auf der Wiesn wird nicht viel Zeit beanspruchen.«

»Beschrei es nicht. Du weißt, wie einem die Tage davonlaufen, wenn man vor einem Rechner klemmt.«

»Und du? Wann fährst du nach Passau?«

Nero warf einen Blick auf den Wandkalender hinter Freiflugs Schreibtischstuhl. »Das Seminar findet erst nächste Woche statt, aber ich will vorher vorbeischauen, um das Netzwerk einzurichten.«

»Wie geht's Kea?« Freiflug hatte das erste Stück Kuchen vertilgt.

»Sie kauft heute ein Auto.«

»Einen Sportflitzer, hoffe ich doch!« Freiflug machte sich über seine Tastatur her, als wollte er sie zu Kleinholz verarbeiten. »Tolle Frau, deine Kea. Beneidenswert.«

Nero klickte auf eine E-Mail nach der anderen, bis alle neuen Nachrichten markiert waren. Dann hielt er den Cursor über den Löschen-Button. Die Wespe hatte sich von Freiflugs Angriff erholt und drehte ihre Runden unter der Deckenlampe.

Klick. Alle Nachrichten gelöscht.

12

Der Abend schickte feine Nebelstreifen über die Hügel und Weiden. Von meinem Küchenfenster aus sah ich Ponys unten auf der Koppel stehen. Die Füße im weißen Dunst. Was für ein Friede über allem!

Ich hatte Juliane heimgebracht, nachdem wir beinahe den ganzen Tag in meinem Spider herumgekurvt waren. Einige Male die Ludwigstraße rauf und runter. Über den Mittleren Ring nach Süden, bis Holzkirchen, dann über Landstraßen zum Flughafen, wo wir den Spider im Parkhaus gelassen und in der Ankunftshalle einen Kaffee getrunken hatten. Nur so, um das Gefühl zu testen, wie es wäre, jetzt abzuheben. Irgendwohin. Juliane war dem Mädchen am Lufthansaschalter auf den Keks gegangen, indem sie nach dem preiswertesten Flug an diesem Tag gefragt und absurde Ziele angegeben hatte. Am Nachmittag waren wir einmal um den Ammersee gejettet, hatten in Herrsching gegessen und nun taute Juliane in ihrer Badewanne auf.»Herzchen, meine alten Knochen vertragen Cabrios nur sehr bedingt!«

Ich saß allein zu Hause, sinnierte über die früh einsetzende Dunkelheit und überlegte, ob ich Nero anrufen wollte. Wir hatten nur ganz kurz telefoniert. Er hatte mir die wichtigsten Infos zum Fall Geisterbahn durchgegeben.

Nero war stets fair, zurückhaltend, redlich, anständig. Aber er hatte Ansprüche und Träume. Vor allem Träume. Träume von einem Leben zu zweit, die ich nicht teilte. Ich wollte keine gemeinsame Wohnung. Schon gar nicht im schäumenden Schwabing. Ich wollte mein einsames Haus. Mein bescheuertes einsames Haus am Schlusspunkt der Welt. Südwestlich von München, nahe des Fünfseenlandes. In der Pampa, am toten Ende. Mit meinen beiden Graugänsen Waterloo und Austerlitz und ungefähr 100 auf Architektenpapier getuschten Haikus lebte ich hier ein beschauliches, verdammt verlassenes Leben.

In diesem Augenblick, als ich eine Flasche Chianti öffnete, wusste ich nicht, ob ich dieses Leben liebte oder hasste. In vino veritas. Ein gutes Glas würde mir die Wahrheit vielleicht eingeben. Falls ich sie überhaupt wissen wollte.

Nero war sich selbst gegenüber nicht aufrichtig. Statt mich direkt mit seinem Wunsch nach einem Leben als Paar zu konfrontieren, kochte er sein Sehnsuchtssüppchen im Geheimen. Er war dabei so empfindsam wie die Prinzessin auf der Erbse, selbst harmlose Bemerkungen konnten ihn tief verletzen. Doch anstatt seine Wunden zu zeigen, blieb er mit dem Schmerz allein, bis dieser zu einem Energieball heranwuchs, der den ganzen Nero bersten ließ. Diese Gefühlsausbrüche schockierten seine Umgebung; ihn selbst vermutlich noch mehr.

Außerdem war da noch seine Kollegin Sigrun West. Sie hatte ein Auge auf Nero geworfen. Das war mir spätestens seit gestern klar. Dieser Blick, den sie mir zugeworfen hatte, als sie die Jugendlichen aus der G-Bahn brachte! Sie hatte meine Angst um Nero genossen; ihre Macht über mich, weil sie Bescheid wusste und ich nicht.

Ich beschloss, meine Schultertasche auszuräumen. Wenn ich dabei war, aus der Fassung zu geraten, beschäftigte ich mich am liebsten mit lebenspraktischen Angelegenheiten.

Als Ghost schleppte ich allerhand mit mir herum: Stifte, Aufnahmegerät, Notebook inklusive Ersatzakku und Netzteil, ein Notizbuch, Adressbuch, Terminkalender. Handy, Zigaretten und Feuerzeug für Krisen, Kaugummi, Geldbeutel, Hausschlüssel und Autoschlüssel, MP3-Spieler und ein paar CDs, die ich im Auto hören wollte. In meinem Auto. Ich ließ den ganzen Krempel auf meinem Barbrett am Fenster liegen und trat vor die Haustür. In der Dämmerung leuchtete das Rot des Spiders noch tiefer, noch tomatiger. Ich könnte nach Italien fahren. Jetzt. Sofort. Über den Brenner rauschen, in Sterzing am Autogrill einen Espresso trinken und überlegen, wohin mich der Alfa weiter bringen sollte. Ich war nämlich frei. Freiberufler waren genau das: frei. Keine Chefs. Kein regelmäßiges Einkommen. Keine Dienstpläne. Nichts, was den freien Fluss der Kreativität hemmen könnte.

Ich legte meine Hand kurz auf die Schnauze des Wagens. Dann scheuchte ich Waterloo und Austerlitz in ihren Stall und verriegelte das Schloss.

Wie weit war es zum Brenner? Wenn ich Gas gab, gute zwei Stunden. Nachts waren die Straßen frei, und so ein neuer Wagen gab was her.

Ich hatte nichts getrunken. Der Chianti wartete drinnen auf mich. Es wurde kühl in Bayern. In der Basilicata knallte tagsüber noch die Sonne auf die Erde.

Wie soll das weitergehen, Kea?, hörte ich die mahnende Stimme meiner Mutter. Sie hatte mein ganzes Leben nichts als Zweifel gesät, Ängste geschürt, mich in Alarmstimmung gehalten. Keiner Sache kannst du dir je sicher sein, pflegte sie zu sagen. Schaffe was, dann hast du was. Was ist das überhaupt für ein Beruf, Journalistin. Willst du dein Leben lang den Leuten nach dem Mund reden? Frongängerin eines Chefredakteurs sein? Zum Fernsehen schaffst du es nie, dazu bist du zu lahm! Und nimm endlich mal ab. Muss der Flan noch sein? Warum Flan? Iss doch einen Magerquark. Du isst jetzt nicht den Flan!

Ich hasste Magerquark. Ich liebte Flan. Den hausgemachten, den jede spanische Hausfrau anders zubereitete: den flan casero. Vor Jahren hatte ich, noch ganz die rasende Reisereporterin, einen Bericht über spanische Desserts geschrieben. Die Recherchen hatten mir mindestens drei zusätzliche Kilos auf den Hüften eingebracht. Doch ich war nie glücklicher gewesen.

Ich meine, wer mochte schon Magerquark! Nein, im Ernst, niemand würde freiwillig Magerquark essen, wenn Flan zur Auswahl stand. Wer trotzdem nach dem Quark griff, hatte sich einschüchtern lassen von diesem Mistkerl im Kopf. Dem Zensor. Mutters Stimme. Kalt. Schrill. Genervt. Du machst nur Arbeit! Nur Zores hat man mit dir! Ich steck dich in ein Internat!

Ich ging ins Haus. Nahm einen großen Schluck Wein, legte eine CD mit Brahms' Requiem auf, checkte mein Handy. Keine SMS. Also schaltete ich die Mikrowelle an und suchte in der Tiefkühltruhe nach dem Bœuf Bourguignon. Mit Fertiggerichten war ich schon vor langer Zeit eine solide Ehe eingegangen. Ich begann, meine Tasche wieder einzuräumen, warf zerknüllte Taschentücher, einen Tampon ohne Folie und zwei alte Kinokarten in den Müll. Stopp. Da landete etwas im Eimer, das ich nicht weggeben wollte.

Neta Kasimirs Visitenkarte.

13

»Ich gehe so gern hier spazieren!« Neta wies auf die spiegelglatte Fläche des Ammersees. »Besonders in der Nacht. Ich bin ja eher ein Angsthase. Deswegen ist Ihr Anruf zur richtigen Zeit gekommen!«

Ich lachte. »Um als Ihr Bodyguard das Ufer abzuschreiten?«

Ich hatte Neta einfach angerufen. Ein Impuls, ein Moment der Schwäche und Einsamkeit. Ich mochte sie. Ihr sanftes Wesen, das milchweiße Gesicht, die Sommersprossen, das rotblonde Haar. Kein Thema, hatte sie gesagt, sie würde mich gern treffen. Sie käme gerade von einer Kundin in Kempten. Eine weite Fahrt bis Türkenfeld, wo sie wohnte. Also hatten wir uns in Herrsching auf dem Parkplatz am See getroffen und promenierten nun am Schlösschen vorbei.

»Manchmal, wenn ich ein paar Stunden bei einem Kunden verbracht habe, dann bin ich ganz leer«, sagte sie.

»Wer ist die Dame, die Sie heute besucht haben?«

»Dame, das ist der richtige Ausdruck. Aber natürlich ist das vertraulich. Tja, meistens buchen mich Frauen.«

»Nein, Männer halten nicht viel von Geschichten«, gab ich naseweis zum Besten. »Schon gar nicht von ihrer Heilkraft.«

»Es sind fast immer Frauen, die ihren Mann verloren haben«, machte Neta weiter. »Manchmal auch ihre Kinder. Frauen, die alle verloren haben, die sie liebten. So wie Liliana.«

»Ihre Mutter?« Ich runzelte die Stirn. Diese Informationen kriegte ich nicht ganz zusammen.

»Sie ist eigentlich nicht meine Mutter. Aber ich habe keine Mutter und sie kein Kind mehr. Also ergab das die perfekte Symbiose.«

Mir blieb der Mund offen stehen. Wir passierten eine verwaiste Dampferanlegestelle. Jemand kam mit einem Labrador vorbei. Der Hund schnüffelte an Netas Hosenbeinen und trollte sich auf den ungeduldigen Zuruf seines Herrchens.

»Liliana ist nicht Ihre Mutter«, wiederholte ich langsam.

»Sie ist nicht meine biologische Mutter. Aber in unserem Inneren spüren wir, dass ich schon immer ihr Kind war. Und sie meine Mutter.« Im Licht der Laternen sah ich, wie Neta rot wurde.

So eine Geschichte hatte ich noch nie gehört. Mütter brockten einem die scheußlichsten Suppen ein. Dass man sich quasi freiwillig adoptieren ließ … könnte mir nicht passieren. Ich wusste, wie Mütter waren, und würde mir garantiert keine zweite anlachen. Ich nicht. Als suchte ich am Firmament nach Erkenntnis, betrachtete ich die dünne Mondsichel im Schwarz der Nacht.

»Ist das so was wie eine Erwachsenenadoption?«, fragte ich und kuschelte mich tiefer in meinen Pullover. Septembernächte konnten kalt sein. Über den Trip in die Basilicata würde ich noch mal mit mir zu Rate gehen.

»Keine offizielle Adoption. Obwohl wir darüber nachdenken. Man muss dann nachweisen, dass man eine enge Beziehung hat und all das. Aber Liliana … sie ist so warmherzig. Ein Pfundskerl mit ihrem sonnigen Lächeln und einer inneren Kraft, die sie sich trotz aller Schrecknisse in ihrem Leben bewahrt hat.

Sie ist einfach außerordentlich. Die außergewöhnlichste Frau, die ich jemals kennengelernt habe.«

»Mütter sind immer ein Thema«, sagte ich. »Ich habe ausgerechnet heute an meine denken müssen.«

»Sie haben noch eine Mutter?«

»Eine biologische.«

Neta lachte auf. »Meine war auch nicht der Hit. Aber jetzt habe ich Liliana.«

»Welche Mutter ist schon der Hit.«

»Haben Sie Kinder?«

»Nein. Und bevor Sie nachfragen: Ich bin 40.«

»Meine Schwester bekam ihr erstes Kind mit 46.«

»Na, vielen Dank. Meine Nerven sind nicht mehr die besten!«

»Lilianas Sohn starb vor zwei Jahren. Ein ganz tragischer Unfall. Dann blieb noch ihr Mann. Bert. Bei ihm wurde ganz plötzlich Krebs festgestellt, kurz nach Weihnachten. Keine zwei Monate später war er tot.«

Ich kickte einen Kiesel aus dem Weg. Er platschte in den See.

»Kurz darauf lernte ich Liliana kennen«, erzählte Neta weiter. »Die erste Begegnung war dramatisch. Sie schien in einem Kokon aus Schwärze gefangen. Ihre Freundinnen waren auf mich zugekommen. Hatten ihr vorgeschlagen, sich mit mir zu treffen. Nur um mal auszuprobieren, ob ihr meine Geschichten ein wenig Luft verschaffen.« Neta schwieg einen Augenblick. Sie blieb stehen und sah über den See nach Westen. Ein orangefarbener Lichtstreif lag dort über den Hügeln, ein winziger Rest Farbe in der schwarzen Nacht. »Liliana war wie ein Lamm. Sie machte alles mit. Nahm mich einfach hin, so wie sie den Gasableser hinnahm, die Kondolenzschreiben, die Rechnung für die Beerdigung.«

»Wie finden Sie Kontakt zu den Trauernden?«, fragte ich, weil es mich wirklich interessierte. Ich selbst war dem Tod einmal so nahe gewesen, dass ich seine Kälte noch jetzt spürte, da Neta erzählte. Oder lag es an ihrer Stimme, die einen sanften, unnahbaren Tonfall angenommen hatte, dass ich gefesselt war? War das eine Technik? War es angeboren?

»In Lilianas Fall haben mir ihre Freundinnen berichtet, was ihr zugestoßen ist. Der Unfall ihres Sohnes und der unerwartete Tod ihres Mannes. Das hatte ich als Hintergrundinfo. Dann machte ich am Telefon einen Termin mit ihr aus und fuhr einfach zu ihr. Sie war sehr nett, aber vollkommen überzeugt, dass ich meine Zeit verschwendete und ihre Freundinnen ihr Geld. Das geht den meisten Kunden so. In unserer Kultur ist das Geschichtenerzählen verloren gegangen. Es ist eine Kunst, die anderswo noch jeder Mensch mehr oder weniger gut beherrscht. Im Westen hat man sich daran gewöhnt, Geschichten als Fantasieprodukte zu sehen, die letztlich nichts mit uns selbst und unserer Wirklichkeit zu tun haben. Aber so ist es nicht.« Sie schlang die Arme um ihren Oberkörper. »So ist es absolut nicht.«

»Ich war früher Reisejournalistin. Ich weiß, was Sie meinen.« Plötzlich fragte ich mich, ob meine kreative Auszeit so hilfreich war. Mir fehlte das Schreiben.

»Ich sprach ein wenig mit Liliana, wie ihr Leben so aussieht«, fuhr Neta fort. »Ihr Alltag, ihre Morgen und ihre Abende und die Zeit dazwischen. Wie es ihr in der Nacht geht. Was sie noch vorhat. So finde ich meistens heraus, was im Leben eines trauernden Menschen momentan am bedrückendsten ist. Das hilft mir, kleine Schritte für jetzt sofort zu finden. Winzige Verbesserungen, Lichtquellen, Augenblicke der Entspannung, die unmittelbar möglich sind. Bei Liliana waren die Nächte das Zermürbendste. Sie war fast komplett schlaflos in den ersten Wochen nach dem Tod ihres Mannes. Schlief maximal eine oder zwei Stunden, dann wälzte sie sich im Bett herum, stand schließlich auf und wanderte umher, bis es hell wurde. Nicht nur die Trauer erschöpfte sie, auch die Schlaflosigkeit.«

Nächte waren potenzielle Feinde. Das wusste ich nur zu gut. Nur ab und zu spielten sie Verbündete, indem sie für Inspiration sorgten. Nachts konnte ich gut schreiben, wenn die Muse mich küsste. Aber meine Arbeit war eigentlich nicht besonders von Erleuchtung abhängig. Ich schaffte, was ich schaffen musste, mithilfe eines klar strukturierten Tages. Und mit Disziplin.

»Ich erzählte ihr eine Geschichte, in der die Nacht die Hauptfigur ist. Sie wird in der Geschichte als grausam gezeigt, hat aber im tiefen Inneren auch ihre Qualen zu erleiden, wodurch ihre Kälte, ihre Finsternis und Brutalität verständlich werden. Meistens verliert die Nacht für den Trauernden so die Schärfe.«

Faszinierend, dachte ich. Ich war jemand, der an die Macht der Fantasie und der Gedanken glaubte. Sich eine Sache vorzustellen, machte sie wenigstens im Inneren wirklich. Und was man im Kopf besaß, gehörte einem in der Wirklichkeit. Wir gingen weiter, schneller jetzt, da die Kälte des Abends durch unsere Kleider kroch. Ich sah meinen Atem als Wolke vor meinem Gesicht.

»Als ich mich von Liliana verabschiedete, begann sie zu weinen. Ich nahm sie einfach in den Arm, drückte sie und fragte sie, ob ich wiederkommen dürfte. Sie sagte Ja. Bei jedem meiner Besuche sind wir einander dann nähergekommen. Haben uns unsere Leben erzählt. Sie von ihrem Mann und ihrem Sohn, von ihren Geschwistern, die auch schon alle tot sind, ich von meiner Mutter, meinen Verwandten, meinem vermurksten Leben.«

»So vermurkst kann es nicht sein, wenn Ihnen quasi eine Mutter zuläuft«, bemerkte ich. Es schleppte doch jeder, aber absolut jeder, ein demoliertes Selbstbewusstsein mit sich herum.

»Diese letzten Monate mit Liliana waren die glücklichsten in meinem ganzen Leben«, bemerkte Neta. »Nun habe ich eine Mutter. Eine richtige. Eine, die mich liebt und mich nicht maßregelt!« Sie winkte ab. »Das klingt jetzt kitschig. Blöd. Abgeschmackt.«

»Nein, klingt es nicht.« Ich sollte Neta fragen, ob sie eine Ghostwriterin suchte, um ihre Biografie zu schreiben. Das ganze roch nach Roman.

»Wissen Sie, was unser größter Fehler im Westen ist?«, fragte sie. »Dass wir meinen, eine Geschichte sei zu hundert Prozent eine Parallele zur Wirklichkeit. Wie eine Statistik, die man sich aus dem Internet herunterlädt. Aber wenn wir erzählen, schaffen wir eine andere Wirklichkeit. Geht es Ihnen auch so mit Ihrer Arbeit? Verstehen Sie, wovon ich rede?«

»Absolut.« Klar, mir ging es nicht anders. Aber ich zeichnete die Wirklichkeit in den Farben meiner Kunden. Anders Neta, die ein Bild für den Kunden entwarf, das sich an ihm orientierte, aber aus ihrem Kopf kam. Ich sollte den Job wechseln. Beinahe beneidete ich Neta. Leider war ich mündlich nicht besonders gut. Auf Papier fühlte ich mich sicherer.

»Sollen wir umkehren? Es wird kalt.« Neta zog die Schultern hoch. »Und ich wollte noch bei Liliana vorbeischauen. Sie hat morgen einen Termin beim Anwalt.«

»Anwalt?«

»Es geht um das Erbe. Bert, ihr Mann, hatte noch einen Sohn. Unehelich. Kommt ja vor. Er hat die Hälfte vom Haus geerbt. Liliana will verkaufen.«

»Ach, herrje. Wenn die Geldbörse klirrt, wird es immer unschön.«

»Haben Sie eigentlich etwas von der Geisterbahnsache gehört? Wissen Sie, wer der tote Junge ist?

Kannten Sie nicht jemanden beim LKA? Die Zeitungen schreiben seinen Namen nicht.«

»Minderjährige genießen einen gewissen Schutz.« Ich bohrte die Hände tief in die Taschen. »Und ja, ich kenne jemanden beim LKA. So to say. Er ist mein Freund.« Das klang, als wäre ich 16. »Hauptkommissar. Er hat noch versucht, den Jungen wiederzubeleben, aber es hat nicht gereicht. Er war tot.«

»Liliana nimmt diese Sache unheimlich mit. So nah am Geschehen gewesen zu sein. Das wühlt sie im Innersten auf. Ihre eigene Geschichte steht vor ihren Augen.«

Ich dachte an Julianes Worte, heute, im Auto. »Man fragt sich so manches. Zum Beispiel, warum dieses Kind sterben sollte.«

»Sie glauben also an die Mordgeschichte? Kein Unfall?«

»Mord!« Ich war überzeugt. »Definiert als vorsätzliche Tötung eines Menschen aus einem bestimmten Beweggrund oder zu einem bestimmten Zweck. Alles war akribisch vorbereitet, die Videoüberwachung ausgeschaltet, der Techniker betäubt …«

»Was für ein Wahnsinn! Was der Mörder alles geplant, durchdacht und schließlich durchgezogen haben muss. Im Merkur stand, es handelte sich um einen Einzeltäter.«

Ich zuckte die Achseln. Reihenweise waren nun hochmotivierte Jungjournalisten 24 Stunden pro Tag auf der Pirsch. Im Geistermord sahen sie die Chance, endlich vollwertige Mitglieder der Redaktionen zu werden und irgendwann nicht mehr für einen Hungerlohn in der Endlosschleife eines Volontariats rackern zu müssen. Verbrechen eigneten sich hervorragend als Trittsteine auf der Karriereleiter eines Reporters.

Wir gingen immer schneller. Nebel stieg aus dem Wasser. Nicht weit vom Ufer entfernt glitt ein Ruderboot vorbei. Unsere Stimmen klangen mit einem Mal sehr laut. Ich fröstelte.

»Eine Freundin von mir meinte, dass der Mörder es nicht auf den Jungen abgesehen haben dürfte.«

»Wie bitte?« Neta starrte mich schockiert an.

»Sicher genauso wenig auf Sie oder Liliana«, beruhigte ich sie sofort. »Nein, es ist doch auffällig, dass ein ganzes Team vom LKA in der Geisterbahn fuhr, als das Verbrechen passierte. Konnte der Mörder nicht einen von den Beamten gemeint haben?«

»Mir läuft es kalt den Rücken hinunter.«

»Mir auch.« Nicht Nero. Nero konnte nicht gemeint sein. Wer würde einen Dozenten umbringen wollen, der seine Leute in die Tiefen des Cyberspace führte? Verdammt, ich sollte die Landshut-Geschichte bedenken. Der Fall, in dem mein Spider das Zeitliche gesegnet hatte, ich beinahe mein eines Auge durch mehrere Holzsplitter eingebüßt hätte und Nero ebenso beinahe mit meinem Spider zusammen in die Luft geflogen wäre. Wer die Sprengladung gezündet hatte, war bis heute nicht geklärt worden.

Wir waren am Parkplatz angekommen. Die Dunkelheit hing zwischen den Büschen. Auf der Straße fuhr ein Rad vorbei. Ohne Licht. Neta ging zu ihrem verbeulten Twingo.

»War nett«, sagte sie. »Wir sollten in Kontakt bleiben.«

»Auf alle Fälle.« Ich wollte ihr die Hand reichen, fand die Geste aber zu förmlich. Zu einer Umarmung konnte ich mich nicht durchringen. »Schönen Gruß an Liliana.«

»Werde ich ausrichten. Kommen Sie gut nach Hause.«

Ich dachte an ›The Demon‹, sah Neta vor mir, wie sie aus der Gondel gesprungen war, das Telefon am Ohr. Ich war gar nicht erst eingestiegen. Hatte der Mörder auf jemanden gewartet, der ihm durch die Lappen gegangen war?

14

Oberkommissar Marek Weiß lief über den Parkplatz zu seinem Golf. Es wurde Zeit, dass er heimkam. Er ließ den Motor an und fuhr los. Das mit den langen Arbeitstagen war schon o. k. Aber der Herbst und die frühe Dunkelheit taten ihm nicht gut. In der Mailingerstraße bog er links ab. Geblendet von den

Scheinwerfern eines entgegenkommenden Wagens stieg er auf die Bremse. Jemand trat von rechts auf die Fahrbahn. Der Golf hielt zuckend, der Motor verreckte. Marek fluchte.

Ein Mann öffnete die Beifahrertür: »Guten Abend, Herr Oberkommissar. Ich darf doch?«

Marek klappte die Kinnlade herunter. So etwas passierte in Filmen. Er wollte etwas erwidern. Hielt aber den Mund, als der Mann einstieg. Er kam Marek bekannt vor.

»Fahren Sie einfach weiter. Sie bieten mir eine Mitfahrgelegenheit, sehr freundlich. Während der Wiesn ist es eine Zumutung, sich mit den öffentlichen Verkehrsmitteln fortbewegen zu müssen.«

Marek drehte den Zündschlüssel.

»Dr. Klug, nicht wahr?«, fragte er zögernd, kaum dass er das graue Monstrum des Landeskriminalamtes im Rückspiegel nicht mehr sehen konnte. Wenn er sich nur besser erinnerte, welchen Dienstgrad dieser Dr. Klug besaß. Er war ein hoher Beamter aus dem Innenministerium, einer von den Tieren, die sich nicht mit Gehaltsklasse A 13 in einer Stadt wie München abkämpfen mussten. Ein Promovierter.

»Biegen Sie da vorn ab und fahren Sie über die Nymphenburger Straße stadtauswärts«, bat Dr. Klug. »Sie kennen mich also noch. Wir sind uns bei der Abschiedsfeier für Polizeirätin Mengert begegnet. Ihre Mentorin, wenn ich richtig informiert bin.«

»Sie hat mich zur Polizei gebracht, ja.«

»Eine verdiente Kollegin.« Klug nickte und sah

konzentriert auf die Straße. »Wie geht es Ihnen mit Ihrer jetzigen Chefin, Herr Oberkommissar?«

Marek schluckte. Er hatte eine dunkle Ahnung, was das hier werden sollte, und es gefiel ihm nicht. »Was meinen Sie?«

»Sie sind immer noch Oberkommissar. Frau Berlin ist vor Ihnen Hauptkommissarin geworden.«

»Wollen Sie damit sagen, dass sie es nicht verdient hätte?«, fragte Marek und kam sich tapfer vor. Seine Hände schwitzten, das Lenkrad klebte.

»Ich hörte, dass Sie sich eine Beförderung ebenfalls wünschen. Sie meinen, es wäre an der Zeit, nicht wahr?«

Pillauge is watching me, dachte Marek verzweifelt. Instinktiv spürte er, dass er sich in einer Situation befand, die einen Wendepunkt hervorbringen würde. Er konnte nachher als Sieger heimkommen oder als Verlierer. Marek wohnte in Giesing. In einer Zwei-Zimmer-Wohnung, die er von einer alten Dame mietete, deren Katzen er fütterte, wenn sie außer Haus war. Er würde sich heute Abend ein Glas Single Malt gönnen oder in die Hosen scheißen. Oder beides.

»Unser Oktoberfest!« Dr. Klug wies auf ein Taxi, das vor ihnen hielt und vier Männer in Lederhosen ausspuckte. »Wir Bayern können stolz sein, dass wir in der Welt bekannt sind als Menschen, die zu feiern verstehen.«

Marek bremste, als die Ampel vor ihm auf Rot sprang. Hinter ihm quietschten Reifen. Er ahnte, worauf das hier hinauslaufen würde. Langsam leckte er sich die trockenen Lippen. »Nur zu dumm, das mit dem Mord.«

Dr. Klug wandte ihm sein Gesicht zu und lächelte breit. Seine Haut glänzte rötlich im Lichtschein der Ampel.

»Ja. Sehr gescheit von Ihnen, junger Freund. O weh, da vorn hat es gekracht.« Vor ihnen blitzte Blaulicht auf, ein Sanka hielt auf der Gegenfahrbahn. Die grünen Kollegen regelten den Verkehr. Nach wenigen Sekunden wucherte ein Stau. Ein Reisebus quetschte sich vor Mareks Golf auf die Spur.

»Erst die Terrordrohung«, sagte Dr. Klug. »Und jetzt ein Mord in der Geisterbahn. Die Leute haben Angst, verstehen Sie? Und es wäre doch schade, wenn weniger Gäste kämen als letztes Jahr. Es ist gerade erst losgegangen. Zehn Tage liegen noch vor uns. Wir brauchen die Wiesn.« Er senkte die Stimme. »Herr Oberkommissar.«

»Wir arbeiten dran«, entgegnete Marek.

»Ich verlasse mich auf Sie. Natürlich haben Sie eine Chefin. Frau Berlin leitet die Ermittlungen, die Soko arbeitet nach ihren Anweisungen. Aber denken Sie daran: Wenn Sie ein paar kreative Ideen einbringen, soll es an mir nicht scheitern.« Dr. Klug öffnete die Beifahrertür. »Danke, dass Sie mich mitgenommen haben. Sie können mit mir rechnen.«

Er stieg aus, schloss behutsam die Tür, hob die Hand und ging davon. Marek schlug auf das Lenkrad. Er steckte im Verkehr fest und hatte keine Ahnung, wann er heute nach Hause kommen würde.

Tag 3

15

»Wie die Schmierfinken auf so eine Story kommen?«
Freiflug lachte laut auf. Mitten hinein ins Gesicht seines Chefs. »Mit Verlaub, Herr Polizeioberrat, aber das ist vollkommener Schmus.«

Sandra Berlins Ermittlergruppe war an diesem Freitagmorgen um den Tisch im großen Besprechungsraum versammelt. Marek Weiß gehörte dazu, der heute ein enges Shirt mit der Aufschrift ›Ich Chef, du nix‹ trug. Nero fand das albern. Zwei Frauen saßen an der Stirnseite, eine trug eine Kurzhaarfrisur, die aussah wie eine auf dem Kopf festgeschnallte Drahtbürste. Außerdem waren Bodo Roderick, Markus Freiflug, Sigrun West und er selbst mit von der Partie. Und natürlich Polizeioberrat Woncka. Er sieht wirklich mitgenommen aus, dachte Nero. Die neue Freundin schien ihm alles abzuverlangen. An den Schläfen war er nicht grau, sondern weiß. Er schwitzte im Nacken. Sein Hemd saß schlecht.

»Herr Freiflug, danke für Ihren Kommentar.« Wonckas Blick verfing sich in den Blümchen auf Sandras Bluse. »Aber wir sollten den Hinweisen nachgehen.«

»Das sind Trittbrettfahrer!« Marek Weiß räusperte sich. »Anonyme Anrufe kriegen wir zuhauf. Gerade wenn die Presse ein Verbrechen groß ausschlachtet.«

»Ich bestehe darauf, dass Sie den Hinweisen nachgehen.« Woncka gestikulierte. In der einen Hand hielt er einen mikroskopischen Spiralnotizblock. Kleine Papierfetzchen wirbelten über den Tisch. »Ich bekomme unentwegt Anrufe von Journalisten, die wissen wollen, ob wir unsere Beamten jetzt besonders schützen.«

Nero stöhnte in sich hinein. Er wollte hier raus. Es war Zeit für Federweißen oder Beaujolais primeur. Es war Zeit, das Büro zu verlassen und sich hinter dem PC einzurichten, um das Lehrprogramm für die nächste Woche in Passau fertigzustellen. Er musste sich darum kümmern, dass in Passau ein Computerraum mit einem Netzwerk bereitstand, damit er mit den Teilnehmern direkt im Internet arbeiten konnte. Auf Neros Tisch lag ein DIN-A4-Blatt voller Notizen, was noch zu erledigen war. Er hatte keine Zeit für Wonckas Neurosen.

An diesem Morgen waren beim Bereitschaftsdienst anonyme Anrufe eingegangen. Der Mordanschlag hätte Mitarbeitern des Landeskriminalamtes gegolten. Namen hatte der Anrufer nicht genannt. Aber der Mann wusste genau, dass fünf Beamte aus dem LKA zum Zeitpunkt des Mordes auf der Wiesn gewesen waren. Sogar unmittelbar am Tatort, in ›The Demon‹. Zwei von ihnen mit Begleitung. Das waren

Nero selbst und Ulf Kröger. Es hätte den Falschen getroffen, hatte der Anrufer gehöhnt. Die Phonetiker arbeiteten an der Tonaufnahme, aber bislang war nichts dabei herausgekommen. Nero gab Freiflug recht. Irgendwelche Wichtigtuer fanden das Kripo-Spiel spannend und klinkten sich auf ihre Weise in die Ermittlungen ein.

»Roderick, ich setze Sie auf das Problem an.« Woncka schniefte.

Erkältet ist er auch noch, dachte Nero. Er wechselte einen Blick mit Freiflug. Sie verstanden sich immer besser. Das tat Nero gut. Er brauchte Verbündete. Entweder musste der Job stimmen oder die Beziehung. Im Idealfall natürlich beides, und wenn er über sein Schicksal hätte bestimmen können, hätte er die Beziehung als Hauptsache gewählt.

Bodo Roderick hatte nicht zugehört. Hektisch schob er ein paar Zettel auf dem Tisch herum. Sein Gesicht wurde flammend rot. Sieht zu seinem weiß-blonden Haar nicht besonders apart aus, fand Nero.

»Wie in der Schule«, murmelte Freiflug.

»Finden Sie heraus, ob diese Hinweise ernst zu nehmen sind. Denken Sie daran, es geht um Ihre eigene Sicherheit. Haben Sie Ergebnisse bei der Suche nach dem Mann, der auf den Videobändern zu sehen ist?«

Niemand reagierte. Schließlich hob Sandra die Stimme. »Noch nicht.«

»Ja, dann bleiben Sie dran! Meine Herrschaften«, Woncka erhob sich und nickte in die Runde. »Einen ambitiösen Tag.«

Er ging. Alles blieb still, bis Sandra aufstand, die Tür wieder öffnete und hinaussah. Woncka war fort.

»Du liebe Zeit!«, platzte es aus Marek Weiß heraus. »Als hätten wir nicht schon genug zu tun!«

»Er spinnt total«, regte Roderick sich auf. Er musste Luft ablassen. Wie ein Schulbub beim Träumen erwischt zu werden, knickte sein Ego.

»Wartet.« Sandra hob die Hand. »Vermutlich ist nichts dran. Das sagen uns Instinkt und Erfahrung.« Die Drahtbürstenfrisur nickte. »Aber«, Sandra wies auf die Seite des Tisches, wo ihr Team saß, »wir fragen uns seit geraumer Zeit, woher der Mörder so sicher sein konnte, dass sein Opfer just am Mittwoch ›The Demon‹ erleben wollte.«

»Das ist schwierig und auch wieder nicht«, erklärte Roderick emsig. »›The Demon‹ hat aggressiv Werbung gemacht, mit Freikarten und allem Pipapo. Halb München wollte rein.«

»Und ist mittlerweile durchgegeistert«, ergänzte Marek Weiß.

»Mag sein«, erwiderte Sandra. »Markus, bist du mit dem Virus weitergekommen?«

»Es ist ein Virus, aber wie es funktioniert, ist noch unklar. Ich bin dran.«

Sandra Berlin und Markus Freiflug sind per Du, dachte Nero. Auch was Neues. Laut sagte er:

»Sollen wir davon ausgehen, dass der Mörder sich ganz sicher war, sein Opfer an diesem bestimmten Nachmittag in der Geisterbahn zu treffen?«

Alle aus Sandras Team nickten. Marek Weiß rieb

sich die Hände: »Der Mann hat nichts dem Zufall überlassen. Und am wenigsten Zeit und Ort, da bin ich mir sicher.«

»Ich bin derselben Meinung.« Freiflug schob seinen Stuhl zurück. »Aber das ist euer Rätsel, das knackt ihr mal hübsch allein. Schönen Tag noch.«

Nero folgte seinem Kollegen. Warf einen kurzen Blick zurück in den Besprechungsraum und sah, wie Sandra Markus Freiflug zulächelte.

Ich gönne es ihm, dachte er und schob die Hände in die Jeanstaschen. Ich gönne es ihm.

16

»Ich bin Anabel Binder.«

Die Frau war einen Kopf größer als Hauptkommissarin Berlin, trug das Haar kurz und burschikos und sprach viel lauter, als es nötig gewesen wäre. Sandra vermutete, dass sie Astrid Nedopils Wohnzimmer aufgeräumt und gesaugt hatte, die Elektronikbauteile in eine Schachtel sortiert und den frischen Kuchen auf den Tisch gestellt hatte.

»Ich kümmere mich ein bisschen um Astrid. Ihre Schwester ist im Ausland. Sie hat sonst niemanden.«

»Wo ist Frau Nedopil jetzt?«

»Sie hat sich hingelegt. Kann nachts kaum schlafen. War das wirklich Mord?«

»Sie haben doch die Buben auf die Wiesn begleitet, oder?«

»Natürlich. Sie hatten alles Mögliche vor, aber vor allem wollten sie in ›The Demon‹. Mein Gott!« Anabel Binder schüttelte den Kopf. »Wer hätte denn ahnen können … wer hätte denn so was ahnen können!«

»Ihr Sohn war auch dabei, oder?« Sandra hatte vorhin noch einmal alle Zeugenaussagen gelesen. Sie hatte eigentlich mit Astrid Nedopil sprechen wollen, aber es traf sich ganz gut, dass sie die Begleitperson der Kinder kennenlernte.

»Klar, Frank und Marius sind – waren – die besten Kumpels. ›The Demon‹ hat aber auch dermaßen Werbung gemacht! Die Kids waren alle heiß darauf. Die sind in dem Alter, wo sie sich was beweisen müssen. Mutproben in der digitalen G-Bahn.«

»Ich habe auch zwei Jungen«, nickte Sandra, bevor sie den Faden wieder aufnahm. »Also: Keiner aus der Gruppe hat in der Geisterbahn irgendetwas Ungewöhnliches gesehen!«

»Verzeihen Sie, Frau Hauptkommissarin, aber so eine Geisterbahn ist ein sonderbarer Ort. Illusion, Gruseleffekte, Knallerei. Adrenalin pur. Da achten Sie nicht auf irgendwas Ungewöhnliches. Oder besser: Sie wissen nicht, was ungewöhnlich sein soll, denn alles ist seltsam.«

Astrid Nedopil kam herein. Sandra erschrak, sie hatte sie gar nicht kommen hören. Sie sah noch verhuschter aus als vor zwei Tagen, trug einen weiten Bademantel und Gummiclogs.

»Was gibt es Neues?«, fragte sie müde. Es klang desinteressiert.

»Sie hat Tabletten genommen«, zischte Anabel Binder Sandra zu.

»Wie haben sich die Jungen für den Wiesn-Besuch verabredet?«, wollte Sandra wissen.

»Facebook. Die machen alles im Netz. Man muss höllisch aufpassen, was die da so über sich reinstellen. Frank hat eine Kamera, und er wollte natürlich die Wiesnszenarien knipsen und dann im Internet zeigen. Aber bisher hat er das nicht gemacht. Die Kinder stehen unter Schock.«

Astrid Nedopil ließ ihre Freundin reden. Apathisch hockte sie auf dem Sofa und kaute an ihren Fingernägeln.

»Warum kamen ausgerechnet Sie als Begleitung mit?«, setzte Sandra nach.

»Weil ich immer die Dumme bin in der Clique.« Anabel Binders Stimme hatte keinen bitteren Beiklang. Sie lächelte. »Bin nur Hausfrau und Mutter, ohne Job. Die Einzige in der Runde, die noch verheiratet ist.« Sie senkte die Stimme. »Die anderen Mütter sind geschieden oder ledig, alleinerziehend in jedem Fall. Die können nicht nachmittags mit auf die Wiesn. Aber ich bin ganz dankbar drum. Ich unternehme gern was mit den Kindern. Schrecklicher Schock, als die Bahn stehen blieb. Ich hatte gerade was zum Essen für die Bande geholt. In dem Alter fangen die Jungs an zu futtern wie die Königstiger!«

»Sie finden den Typen nicht, oder?«, schaltete Astrid Nedopil sich ein. »Sie finden ihn nicht. Der ist über alle Berge.«

Sandra setzte an, etwas zu sagen, aber Astrid fuhr tonlos fort: »Ich sitze in einem Albtraum fest. Verstehen Sie? In einem Albtraum. Ich weiß keinen Ausweg.«

»Ich würde gern den Rechner Ihres Sohnes mitnehmen«, bat Sandra. »Er hatte doch einen Computer?«

»Ich kümmere mich um sie«, sagte Anabel Binder, als sie Sandra kurz darauf zur Tür brachte. »Sie wird das schaffen. Sie will es auch schaffen. Bestimmt.«

17

Manchmal kamen ihr beim Betrachten der Fotos die Tränen. Manchmal lächelte sie unwillkürlich dabei. Dann wieder konnte sie es nicht ertragen, Berts augenzwinkerndes Grinsen auf den Polaroids zu sehen. Es gab Tage, an denen sie vor Zorn auf Bert, auf diese ganze dumme Geschichte, alle Fotos am liebsten in eine Ecke geschleudert hätte.

Heute war so ein Tag.

Liliana klaubte mit tauben Fingern die Bilder zusammen und verstaute sie in der Box.

Zorn und Wut sind normale Reaktionen im Trauerprozess, hörte sie Neta sagen. Genauso wie die Rückenschmerzen vielleicht. Normal mochten sie sein, aber sie waren kaum zu ertragen. Liliana war immer eine sanftmütige Frau gewesen, die wenig aus der Ruhe bringen konnte. Diese Aufwallungen von Hass und Zorn schienen ihr geradezu bedrohlich.

Wenn sie nur wüsste, warum Bert sich mit dieser Frau eingelassen hatte. Liliana trat auf die Terrasse in die Morgensonne. Sie mochte das Wohngebiet nicht besonders, diesen Gulag aus Einfamilienhäusern. Mit Bert war es o. k. gewesen, hier zu leben, und als Johannes zur Welt kam, war sie für den Garten dankbar gewesen. Aber wie lange war das her … Am 28. Oktober wäre ihr Sohn 26 geworden. Der dritte Geburtstag, den er nicht mehr erlebte. Liliana ging zurück in die Küche und brühte eine Tasse Kaffee auf. Neta hatte ihr diese Kaffeemaschine geschenkt. Wasser rein, Kaffeepad rein, auf den Knopf gedrückt. Wunderbar für einen Ein-Personen-Haushalt. Jetzt war sie ein Single. Niemand war da, der die Tür öffnete, wenn sie auf die Türklingel drückte, und das tat sie manchmal, nur um den Schmerz zu lindern.

Neta. Johannes. Bert. Die Namen wirbelten in Lilianas Kopf umher.

Der Schmerz konnte bisweilen so unerträglich sein, dass sie sich krümmte, tränenlos. Manchmal aber schien er auch leicht, nur ein Schmetterling auf ihrer Schulter.

Am schlimmsten war das Alleinsein. Zuerst hatte die Einsamkeit vor allem in der Nacht ihre Zähne gezeigt. Liliana hatte wochenlang kaum geschlafen. Inzwischen kam ihr das Aufwachen vor wie ein böser Traum. Sie öffnete ihre Augen. Sah niemanden. Hörte niemanden. Spürte die Einsamkeit wie ein glühendes Messer. Wollte nicht aufstehen. Aber sie raffte sich dann doch auf. Ein zähes Luder, so hatte Bert sie oft genannt und es zärtlich gemeint. Mein kleines Kraftpaket. Sie war immer so viel stärker als Bert gewesen. Hatte Johannes allein großgezogen, während ihr Mann einen gut bezahlten Posten in der Nukleartechnik besaß und wochenlang von Kraftwerk zu Kraftwerk tourte. Die Kämpfe, der Terror zwischen Johannes und seinem Vater klangen ihr noch im Ohr. Johannes, ein überzeugter Grüner, und Bert, der nur die technologische Seite der Atomkraft sah. Wie oft waren die beiden aneinandergeraten, hatten ihre wütenden Stimmen die Wände dröhnen lassen, bis Liliana zu einer Freundin gefahren war, um abzuwarten, dass die Wogen sich glätteten. Dann war Johannes ausgezogen, und die Spannungen ließen nach. Er kam am Wochenende, verbrachte zwei entspannte Tage mit seinen Eltern und zog wieder von dannen. Als er 22 war, hatte er eine Freundin. Ein Jahr später eine andere. Die beiden waren bis kurz vor dem Unfall zusammen.

Liliana ergriff die Tasse und ging wieder auf die Terrasse hinaus. Was für ein herrliches Spätsommerwetter.

Gedanken, Gedanken.

Luftgeister. Verrücktmacher. Folterknechte.

Zu viele Verluste. Und diese ständige Unruhe …

Das Wochenende stand bevor. Sie hasste die Wochenenden. Früher hatte sie sie herbeigesehnt. Jetzt waren sie noch einsamer als die Wochentage. Aber mit Neta wurde alles leichter. Der Schmerz brannte dann nicht mehr so unerträglich in ihrem Herzen, und manchmal, ganz selten, schien es Liliana, als stehle sich ein wenig Freude in ihr Leben zurück.

Es gab Tage, an denen niemand anrief und niemand kam. Dann telefonierte sie manchmal mit ihrem Mann. Sie hielt ihr eigenes Handy an ihr eines Ohr, Berts Handy an ihr anderes. Nur ein paar Minuten. Bis die Scham zu groß wurde und sie beide Telefone weglegte.

Sie sollte wieder in der Apotheke arbeiten. Wenigstens für ein paar Stunden die Woche. Um etwas zu tun zu haben. Neta redete ihr zu. Du bist Apothekerin, die können dich brauchen. Liliana trank von ihrem Kaffee. Stark, schwarz, ungesüßt. So mochte sie ihn.

Von Berts unehelichem Sohn hatte sie erst erfahren, als das Kind eingeschult wurde. Ihr Mann hatte ein Doppelleben geführt, und sie hatte nichts gemerkt.

Sie wusste sogar, welcher ihrer gemeinsamen Freunde Bert und diese Frau miteinander bekannt gemacht hatte. Auch ein Apotheker. Eugen. Sie hatte mit ihm Pharmazie studiert. Ein netter Kerl, den sie länger kannte als Bert. Der auch jetzt ab und zu bei ihr vorbeisah, sie fragte, ob sie etwas brauchte, ob er etwas für sie tun könnte. Der ihr Auto zum Kundendienst brachte und neue Glühbirnen in die Fassungen schraubte. Sie freute sich über jeden Besuch, jeden Telefonanruf. Früher hatten Unterbrechungen sie gestört. Sie war immer so beschäftigt gewesen. Doch nun, da sie allein war, war sie dankbar für jeden Kontakt mit der Außenwelt.

Sie musste sich um den Garten kümmern. Die Astern verblühten. Die Kirschbäume mussten ausgeschnitten werden. Sie konnte sich nicht erinnern, zu welcher Jahreszeit man das machte. Immer hatte Bert sich darum gekümmert. Sie musste Eugen fragen.

Eugen also hatte Bert dieser Frau vorgestellt. Sie hatte einen Job gesucht, und Eugen war der Meinung gewesen, Bert mit seinen Kontakten könne etwas für sie tun. Eine simple Sekretärin. Liliana weigerte sich immer noch, ihren Namen auszusprechen. Diese Frau. Die mir meinen Mann weggenommen hat.

Bert und diese Frau begannen eine Affäre. Nach seinem Tod hatte Liliana ihre Hausschlüssel in Berts Jacke gefunden. Er war immer noch zu ihr gegangen. Hatte vielleicht sogar ihr Haus bezahlt. Bert hatte gut verdient, sehr gut.

Nach der Einschulung des Jungen, als sie herausgefunden hatte, was lief, war Liliana zu dieser Frau gefahren. Hatte sie sehen wollen. Eine demütigende Situation, aber Liliana hätte es als demütigender empfunden, sich zu verstecken.

Diese Frau war schlank, schick frisiert, mehr als zehn Jahre jünger, 20 Kilo leichter als Liliana.

Seufzend ließ Liliana sich auf einen Gartenstuhl sinken. Die Worte dieser Frau hallten in ihren Ohren, obwohl ihr einmaliges Zusammentreffen schon sieben Jahre her war: »Als Bert nur Sie hatte, kam er zu mir. Aber nach mir hat er keine andere Frau mehr gehabt.«

Brennende, schmähende Worte. Liliana hatte Neta davon erzählt. Neta hatte sie in den Arm genommen und getröstet.

Liliana sah an sich herunter. Sie war rund, ihr Haar wurde langsam grau und sie weigerte sich, es zu tönen. Allein wegen der Umstände; sie fürchtete den Aufwand, ihr langes, dickes Haar zu färben. Auf stundenlange Friseurbesuche hatte sie keine Lust. Deswegen trug sie seit ihrem 20. Lebensjahr das Haar lang, band es zu einem Zopf oder steckte es hoch.

Neta. Liliana stellte die leere Tasse auf den Gartentisch und stützte den Kopf in die Hände. Irgendein Engel musste ihr Neta geschickt haben. Sicher, es waren ihre Freundinnen gewesen, die zusammengelegt und die Geschichtenerzählerin für sie bestellt hatten. Aber im tiefen Inneren wusste Liliana, dass eine andere, höhere Kraft ihre Freundinnen gelenkt hatte. Sie hatten etwas ausgeführt, was Liliana Gottes Willen nannte, auch wenn sie nicht religiös war. Womöglich hatte einmal in ihrem Leben ihr Engel mit den Flügeln geschlagen. Neta bannte die Einsamkeit. Diesen brennenden Schmerz. Ihre Geschichten machten die scharfen Klingen stumpf, die Liliana ins Herz schnitten. Neta versuchte nie, ihr die Trauer auszureden. Nicht wie die wohlmeinenden Nachbarinnen, die in den ersten beiden Wochen nach Berts Tod Verständnis vorschützten, aber dann Dinge sagten wie: Das Leben geht weiter.

Natürlich ging das Leben weiter, aber es schmerzte, es tat so verdammt weh, jeder Tag war eine schreckliche Aufgabe, an keinem Morgen war sie sicher, ob sie bis zum Abend durchhalten würde.

Wenn Neta kam, war das anders.

Manchmal verbrachte sie ein paar Tage und Nächte bei Liliana. Sie saßen dann bis in die frühen Morgenstunden am Küchentisch. Redeten oder schwiegen gemeinsam. Mit Neta war das Schweigen leicht. Liliana brauchte sich nicht in der fieberhaften Suche nach Worten verfangen. Neta mochte keinen Smalltalk. Genauso wenig wie Liliana. Sie beide hatten vieles gemeinsam. Die Begeisterung für Jazz, Saxofon vor allem, sie mochten Sonny Rollins und französische Filme. Manchmal, in diesen Nächten in der Küche, legte Neta den Arm um Liliana. Wenn Liliana die Wärme ihres Körpers spürte, wurde sie ruhiger. Wie ein Kind bei der Mutter, dachte sie, dabei könnte ich ihre Mutter sein und sie mein Kind. Liliana liebte es, den Kopf an Netas Brust zu legen. Sie traute sich oft nicht, auch wenn Neta nur wenige Zentimeter neben ihr saß. Sie wollte nicht aufdringlich sein. Auf keinen Fall wollte sie, dass Neta ihrer überdrüssig wurde. Und dann diese Zweifel … bin ich nicht nur eine unter vielen trauernden Kundinnen, denen Neta ein bisschen Wärme gibt?

Im Grunde brauchte Liliana keine Bestätigung. Sie fühlte, was zu fühlen war. Ihre Intuition trog sie nie. Nur einmal in ihrem Leben hatte sie gänzlich versagt. Berts Affäre hatte sie nicht bemerkt, nicht einmal die kleinsten Anzeichen wahrgenommen. Weil du nicht wolltest, warf sie sich im Stillen vor. Du wolltest es nicht wissen, also hast du nichts gesehen. Mit ein wenig mehr Aufmerksamkeit …

Sie hob den Kopf, ihr wurde bewusst, dass sie die ganze Zeit auf die Terrassenfliesen gestarrt hatte. Der Wind raschelte in den Bäumen. Zweige knackten. Ein graubraunes Eichhörnchen flitzte über den Rasen.

Nun würde Berts unehelicher Sohn erben. Die Hälfte vom Haus. Die Hälfte vom Vermögen.

Sicher, sie bekäme ihren Pflichtteil, und das Haus gehörte ohnehin zur Hälfte ihr. Not würde sie nicht leiden. Sie wollte das Haus verkaufen und sich eine Wohnung suchen. Näher an München. Eine kleine Wohnung, vielleicht zwei, maximal drei Zimmer, wo die Leere sie nicht so bedrängen würde. Sie würde mehr Kultur tanken, sich vielleicht ein Abo in der Staatsoper leisten. Sie hatte das Geld, aber ihr fehlte das Interesse. Nicht an der Oper, zumindest nicht theoretisch. Sie las das Feuilleton genauso aufmerksam wie früher, aber sie konnte sich nicht aufraffen, etwas zu unternehmen. Mit Neta, ja, das war etwas anderes, wenn Neta sie mitnahm, ins Museum, ins Kino, zu einem Spaziergang. Aber da war immer die Angst, Neta könnte das Interesse an ihr verlieren. Nicht mehr so oft anrufen, nicht mehr regelmäßig vorbeikommen, die Beziehung einschlafen lassen, weil sie eben doch nur eine Geschäftsbeziehung war. Aber sie will, dass ich sie adoptiere, dachte Liliana. Wir haben darüber gesprochen. Wir brauchen Zeit.

Seit ihr Vertrauen einmal auf so schlimme Weise missbraucht worden war, schlich sich Argwohn in ihr Leben. Sie hatte Geld. Sie hatte das halbe Haus, sie hatte einen Beruf, sie konnte sich etwas leisten. Neta lebte am Existenzminimum.

Entschlossen stand Liliana auf, tastete mit der gewohnten Geste über ihr Haar, schob eine Strähne zurecht.

Sie wollte nur nie, nie wieder diese Frau sehen, und dieses Kind auch nicht. Andere Frauen mochten großzügiger sein, ein solches Kind annehmen, wie ein Patenkind vielleicht, aber Liliana konnte das nicht. Schon gar nicht mehr, seit Johannes verunglückt war. Schuldlos von einem Wagen gerammt, in dem vier angetrunkene junge Leute über die Landstraße gerast waren.

Sonst wäre Johannes jetzt hier.

18

»Ich bin ein Unikum. Ein Restmüll.« Die Salzgurken-Michi lachte. »Echte, waschechte Münchnerin und seit fragen-Sie-mich-nicht-wann auf der Wiesn. Jedes Jahr habe ich meinen Stand gegenüber vom Teufelsrad.« Sie beugte sich vor und reichte mir einen Pappteller mit einer armdicken Salzgurke. »Das gibt ein Geschäft!«

Ich murmelte eine Zustimmung und betrachtete missmutig das grüne Etwas vor mir. Ich machte mir nicht extrem viel aus Gurken. Um ehrlich zu sein, machte ich mir gar nichts aus Gurken.

»Sie haben doch sicher etwas mitgekriegt. Von«, Juliane rollte mit den Augen, »nebenan.«

»Die Geisterbahn?« Salzgurken-Michi lehnte sich an eines ihrer Fässer und verschränkte die Arme unter dem gewaltigen Busen. »Über die Geisterbahn habe ich mich noch mehr gefreut, besonders nachdem ich in der Zeitung die Werbung und die Freifahrtscheine gesehen habe. Wissen S', warum? Weil jedes neue Fahrgeschäft wieder ein Schub für mein Geschäft ist.« Sie rieb Daumen und Zeigefinger aneinander. »Mehreinnahmen. Und dann natürlich das super Wetter. Richtiges Wiesn-Wetter. Hoffentlich hält's.«

Juliane sah zweifelnd drein, aber ich verstand die

Salzgurken-Michi vollauf. Sie war eine Geschäftsfrau, wie sie im Buche stand, mit ihrem blankpolierten Schild über der Theke. Hier glänzte und blitzte alles. Wahrscheinlich hatte das Gesundheitsamt noch nie auch nur ein einziges Staubkorn beanstandet.

Salzgurken-Michi sah mich an. »Die Wiesn ist mein Jahresverdienst. Da drüben, in den Bierzelten, da arbeiten manche Mädchen fast rund um die Uhr. Dann fahren sie mit ihrem Geld in den Urlaub. Die können sich was leisten für 16 Tage Arschbackengrapschen.«

Juliane verzog das Gesicht, als sie in ihre Gurke biss.

»Und bevor Sie mich fragen, ob ich was gesehen habe«, fuhr die Gurkenfrau fort, »ich habe alles schon der Polizei erzählt. Möchten S' ein Brot dazu?«

Juliane schüttelte den Kopf. Ihre Kreolen baumelten wild. Seit gestern hatten ihre superkurzen Ponyfransen einen roten Schatten. »Selbstgetönt«, hatte sie mir vorhin zugeraunt. »Um besser zu deinem neuen Flitzer zu passen.«

Ein ebenso schlagendes Argument waren ihre roten Latzhosen aus duftigem Leinenstoff, unter denen sie ein enges weißes Shirt trug, das ihren zierlichen Körper deutlich zur Geltung brachte. Seit ihre Schwester Dolly, die an einer mittelschweren Alzheimer-Demenz litt, in einem Pflegeheim lebte, drehte Juliane wieder so richtig auf. Sie hatte sich als Krankenschwester bei Dolly versucht, der Belastung aber nicht standgehalten.

»Sie könnten es gewesen sein«, erklärte Salzgurken-Michi, wies mit dem Kinn auf Juliane, klatschte eine neue Gurke auf einen Pappteller und reichte ihn dem Mann, der sich neben mich an den Tresen stellte: »Macht 3,50.«

»Preise sind das«, sagte der Mann.

»Ja, Herrschaft, meinst du, ich steh mir hier umsonst die Beine in den Bauch, damit du was Anständiges in den Magen bekommst?« Unwillig schüttelte Michi den Kopf, dass die herausgewachsene Dauerwelle flatterte.

Der Mann zahlte schleunigst, griff nach seiner Gurke und suchte das Weite.

»Manche brauchen das«, erklärte die Gurkenfrau und strich mit den Fingern über die blau-weiß gestreifte Schürze. »Die müssen mal richtig hart rangenommen werden. Deshalb kommen s' zu mir. Also, wie gesagt, Sie könnten es gewesen sein.«

Ich starrte zwischen Juliane und Salzgurken-Michi hin und her. »Was meinen Sie?«, fragte ich dämlich.

»Da ist ein Knabe aus der Geisterbahn geschlüpft. Ganz schwarz angezogen. Drüben gehen ja ständig Leute ein und aus.« Sie wies auf die Tür an der Schmalseite von ›The Demon‹. Die G-Bahn grenzte genau an ihre Salzgurkenbude. »Ich bin hier allein, aber dort arbeitet ein ganzes Bataillon. Bei mir haben die nie was gekauft, bei denen tauchen Frauen mit Kopftüchern auf und bringen den Herren die Brotzeiten.«

»Man kann sich nicht nur von Salzgurken ernähren«, erklärte Juliane.

Ich hielt den Atem an. Erwartete, Salzgurken-Michi würde mit ihrer Holzzange ausholen und Juliane eins überbraten.

»Schon recht.« Michi grinste nur. »Aber der Knabe, der sah aus wie Sie.« Sie musterte Juliane von oben bis unten. »Dünn wie ein Strich.«

»Schilddrüse«, sagte Juliane.

»Sehen Sie, Ihre kann was. Meine hat mein ganzes Leben lang nicht richtig losgelegt.«

Ich würgte meinen Gurkenrest hinunter. Nicht, dass ich meinte, viel mit Salzgurken-Michi gemeinsam zu haben, aber zwischen unseren Schilddrüsen schien die Chemie zu stimmen. Behäbig klopfte sie sich auf den Bauchspeck.

»Na, was ich auch der Polizei gesagt habe: Schon bei den Aufbauarbeiten haben sich hier immer Leute herumgetrieben. Solche, die hier nichts zu suchen hatten. Mal habe ich einen dünnen Mann in Lederhosen gesehen, mal einen mit Panamahut und Sonnenbrille. Meine Bude ist ja schnell aufgestellt. Dann habe ich geputzt und für alles gesorgt und die Kontrolleure bezirzt. Aber der Kerl, der Dünne, der hatte garantiert nichts mit dem Aufbau zu tun und vom Amt war der auch nicht.«

Juliane legte ihre angebissene Gurke auf den Tresen. »Meine Schilddrüse kann nicht mehr«, sagte sie.

19

Der Mann, der über die B 13 nach Ingolstadt rauschte, war Vertreter einer Schuhfirma. Italienische Mode für die Dame von heute. Er belieferte nur exklusive Boutiquen. Sein Name war Heiner Streng.

Mit den Kunden riss er Witze über seinen Namen. Scherze über sich selbst zu machen, gehörte zum Business. Selbstironie kam gut an.

Heute brauste er über die Bundesstraße, um dem Stau auf der A 9 zu entgehen. Das Oktoberfest machte den Verkehr in und um München noch unerträglicher, als er ohnehin schon war. Skisaison, Sommerferien, Brückentage – alles Erfindungen, um die Autofahrer an die Grenzen ihrer Nervenleistung zu treiben. Heiner Strengs Gebiet erstreckte sich über ganz Oberbayern und Bayerisch Schwaben, außerdem auf die Bodenseeregion und den Großraum Passau. Dort allerdings verkaufte er am wenigsten. Seit Jahren versuchte er, nach Norddeutschland umgelenkt zu werden. Sein Chef wollte davon nichts wissen. Hannover oder Hamburg, das waren feine Städte, da wäre was zu verdienen, dachte er. Er fuhr zu schnell. Noch eine Geschwindigkeitsüberschreitung durfte er sich nicht leisten. Sein Führerschein war sein Einkommen. Er nahm den Fuß vom Gas. Er hatte in Garmisch übernachtet. War bereits eine gute Weile auf der Straße. Spätsommer. Eigentlich schon Herbst. Sanfter Nebel, der am Morgen aufstieg. ›Und aus den Wiesen steiget der weiße Nebel wunderbar.‹ Das mochte er an seinem Job: allein unterwegs zu sein, ohne quasselnde Kollegen. Was ihn wirklich störte, waren die Staus. Und das mit den Toiletten.

Gerade jetzt musste er dringend. Ungeduldig spähte er nach einer Möglichkeit, rechts ran zu fahren und sich hinter einem Busch zu verkriechen. Er überholte einen Traktor. Beschleunigte. Sah im Rückspiegel, wie der Traktor rechts auf einen Flurbereinigungsweg abbog. Warum regte ihn das auf? Hätte der nicht abbiegen können, bevor er mit seinem BMW zum Überholen angesetzt hatte? In seinen Eingeweiden rumorte es.

Er musste mal wieder zum Arzt. Für den großen Check-up. Dieser ständige Stress und der Ärger auf der Straße … und sein Vater war an Darmkrebs gestorben. Heiner Streng stieg in die Bremsen. Es pressierte jetzt wirklich, und hier konnte er halten und –

Später sagte er der Polizistin, die den Unfall aufnahm, er habe den blauen Twingo im Rückspiegel nicht gesehen. Er bestand darauf, dass er scharf habe bremsen müssen. Ein außergesetzlicher Notfall. Seine Verdauung, er müsse irgendwas Schlechtes gegessen haben. Nein, er sei nicht zu schnell gewesen, und wieso ihm der Twingo überhaupt hinten auf den BMW gerumst sei, das könne er nicht begreifen. Konnte die Tussi in der französischen Salatschüssel nicht bremsen?

Er hockte immer noch hinter Schlehen und erleichterte sich, als der Rettungswagen mit Blaulicht davonraste.

20

Ich lag noch im Koma. Hatte mit Juliane eine Nachtfahrt im Spider hingelegt. Bis Innsbruck und wieder zurück. Einen Gedanken an die Spritpreise hatten wir nicht verschwendet. Wir wollten einfach mal raus. Wenigstens die Richtung nach Süden einschlagen, auch wenn es nur bis Tirol reichte.

»Ich weiß nicht, immer so zwischen Bergen eingekeilt zu sein«, hatte Juliane sich beschwert. »Kein Wunder, dass die Leute irgendwann auf die Idee kommen hochzukraxeln. Ewig diese Massive vor der Nase, das hält kein Mensch aus.«

Nun also kuschelte ich mich tiefer in die Federn, um den aufdringlichen Klingelton meines Telefons zu ignorieren. Erfolgreich. Nach zehnmal Dideldumdideldei war Ruhe. Ich glitt zurück in meinen Traum, in dem Nero eine Rolle gespielt hatte. Wo war er, der Traum? Meine Hand streckte sich nach ihm aus; er wich zurück, glitt in die Schatten und verschwand.

Tap Dance. Mein Handyrufton. Von irgendwo aus der Küche. Fluchend krabbelte ich aus dem Bett und tastete mich zu meiner Tasche, die ich gestern achtlos und übermüdet auf dem Sofa in der Küche liegen gelassen hatte.

»Laverde?«, murmelte ich.

Die Antwort bekam ich nicht richtig mit. Nur, dass eine Klinik am anderen Ende war und mich fragte, ob ich eine gewisse Neta Kasimir kannte.

»Sicher.« Ich strich mir die Strähnen aus dem Gesicht und unterdrückte ein Gähnen.

»Sie ist heute Morgen mit schweren Verletzungen bei uns eingeliefert worden. Wir fanden Ihre Visitenkarte unter Frau Kasimirs Unterlagen, sonst keine Hinweise auf Verwandte. Können Sie uns weiterhelfen?«

Eine halbe Stunde später brauste ich nach Ingolstadt, das Handy am Ohr.

»Nero, es ist ein Unfall passiert. Neta Kasimir, deren Mutter mit euch in ›The Demon‹ war, als … es … passiert ist. Sie ist in ihrem Twingo einem BMW hintendrauf geknallt.«

Ich hörte Neros ungehaltenes Brummen.

»Nero?«

»Ja, Kea, ich höre dich. Du, ich muss heute nach Passau. Vorbereitungen für das Seminar nächste Woche.«

»Kannst du dich erkundigen?«

»Was meinst du?«

»Wie das passiert ist? Kurz vor Ingolstadt auf der B 13. Heute früh.«

Nero versprach, sich umzuhören. Ich legte auf.

Neta lag in einem Bett, angeschlossen an eine Menge Apparate. Ihr zartes Gesicht war geschwollen. Blut klebte in ihrem Haar, das strähnenweise zwischen dem Verbandsmull zum Vorschein kam. Es war mittlerweile später Nachmittag. Man hatte sie operiert. Ich war so lange durch Ingolstadt gestromert, unruhig, panisch fast. Von der Fußgängerzone zur Donau, die in der Sonne glitzerte, und wieder zurück. Hatte versucht, meinen Bruder Janne zu erreichen, der in Ingolstadt wohnte, aber nur seine zickige Gattin ans Telefon bekommen. Ihren Bemerkungen zufolge hatten sie und Janne sich gerade auf ein eheliches Stillleben eingeschossen.

»Neta?« Ich zog einen Stuhl heran.

An meine eigenen dramatischen Monate in diversen Kliniken dachte ich nicht. Ich konzentrierte mich ganz auf Netas blasse Sommersprossen. Aber mein Unterbewusstsein erinnerte sich. Ekel kam in mir hoch. Fieser Ekel, der früher oder später in Brechreiz münden würde.

Neta blinzelte. »Was ist passiert?«, fragte sie mit so schwacher Stimme, dass ich sie kaum hörte.

»Sie hatten einen Unfall. Sind einem BMW hinten draufgekracht.«

Netas Stirn kräuselte sich, als müsse sie ernsthaft nachdenken. Dann schloss sie die Augen. Ich wartete.

»Sind Sie eine Angehörige?«, pflaumte mich Minuten später eine Krankenschwester an. Sie war füllig und gestresst.

»Neta ist meine Cousine«, log ich.

Neta lächelte schwach. Ihre Hand glitt über das Laken. Ich griff danach und hielt sie fest.

»Was ist los mit ihr?«, fragte ich. »Ich muss ihre Mutter benachrichtigen. Der muss ich das alles ganz vorsichtig beibringen.«

»Milzriss. Die Milz haben wir rausgenommen. Eine Reihe anderer Organe waren perforiert oder beinahe perforiert. Sie ist sehr geschwächt.«

»Eine Reihe anderer Organe?«, krächzte ich.

»Die Lunge ist o. k., aber den Dickdarm hat's erwischt und das ist nicht so spaßig, weil sich der Darminhalt im Bauchraum ausbreitet. Muss man beobachten. Wenn es keine Entzündungen gibt, wird sie sich recht bald erholen.«

Sie zog ab.

»Sagen Sie Liliana Bescheid?«, murmelte Neta. »Bitte.«

»Klar, kein Thema. Haben Sie irgendwo ihre Adresse und Telefonnummer?«

Neta spulte Straße und Nummer so schnell herunter, dass ich kaum mit dem Notieren hinterherkam. Dann stand ich auf. »Brauchen Sie etwas?«

»Liliana hat meinen Wohnungsschlüssel. Sie weiß, wo alles ist.«

»Gut.«

Ich ging. Nein. Nicht gut. Nichts war gut. Hier stimmte etwas nicht, ich hatte bloß keinen Schimmer, was.

21

»Die Kollegen sagen, die Bremsen wären manipuliert worden. Früher oder später mussten sie vollständig versagen. Deswegen konnte Neta den Aufprall gar nicht verhindern.«

Ich hatte auf dem Rastplatz Köschinger Forst eine Klopause eingelegt, hockte nun auf dem Fahrersitz, die Füße auf dem Asphalt des Parkplatzes, und hielt das Gesicht in die spärlichen Sonnenstrahlen.

»Wie haben die das so schnell festgestellt?«

»Hat schon eine Weile gedauert. Ich habe gleich heute Morgen in Ingolstadt angerufen.«

»Also kein Zufall. Jemand wollte Neta ans Leder. Meinst du, der Anschlag in der Geisterbahn zielte auch auf sie ab?«, fragte ich. Müde war ich und erschöpft. Der Lärm der Autobahn machte mich noch nervöser, als ich ohnehin schon war. Drrriaum, drrriaum machten die Fahrzeuge, die über die Fahrbahnen jagten. Jaulende Lastwagen. Hupkonzerte, denen man die Ungeduld und Eile, den unterdrückten Ärger anhörte.

Nero seufzte. »Da ist noch zu viel ungeklärt. Ich habe alles an Sandra weitergegeben.«

»Wer ist Sandra?«

»Eine Kollegin, Leiterin der Soko Geisterbahn.«

»Bist du in Passau?«

»Ja. Aber nur körperlich. Woncka hat die Soko darauf getrimmt herauszufinden, ob nicht vielleicht wir, die Kollegen vom LKA, das Opfer des Geistermörders hätten sein sollen.«

»Ach du Schande.« Ich verschwieg, dass Juliane der gleichen Ansicht war. Nero war nicht immer gut auf Juliane zu sprechen. Sie war ihm zu anarchistisch, zu ehrlich, zu frei. Kurz gesagt, sie war ihm zu gesund.

»Ich selbst halte das für unwahrscheinlich. Unser Team ist für Täter gar nicht sichtbar. Anders als in einer Mordkommission. Vieles, was wir erarbeiten, geschieht im Verborgenen.«

Ein schöner Traum, Herr Hauptkommissar, dachte ich.

»Ich muss Schluss machen, Kea. Melde mich wieder.«

Klick. Die Leitung war tot.

Ein Reisebus bog auf den Rastplatz. Fröhliche Rentner quollen heraus und eilten zu den Toiletten. Die Frauen trugen Dirndl und Handtaschen im Bayern-Imitat, die Männer Lederhosen. Ich lugte auf das Kennzeichen des Busses: Osnabrück. War ja nicht anders zu erwarten. Jeder, aber auch jeder in München wusste: Je perfekter das bayerische Outfit eines Oktoberfestgastes, desto weiter stammte der Besucher weg.

Ich setzte mich in meinem Alfa zurecht, wog das Handy in der Hand. Liliana am Telefon von Netas Unfall zu berichten, kam nicht infrage. Ich würde hinfahren müssen. Eine gute Gelegenheit, den Spider einzufahren, dachte ich. Schämte mich, weil ich bei all dem Elend anderer Menschen an meinen neuen Wagen dachte. Ich fürchtete mich vor dem Entsetzen, das Liliana erfassen würde, sobald sie hörte, was geschehen war. Spürte schon im Vorhinein, wie sich das Grauen, die Angst, der Zorn über das Unfassliche auf mich übertragen würde.

Das Schrillen meines Handys riss mich aus meinen trüben Gedanken.

»Laverde?«

»Hier auch!«

Der drohende Unterton in diesen zwei Worten konnte nur von einer Person stammen. Abgesehen davon, dass es außer mir nur noch zwei weibliche Laverdes gab: die Frau meines Bruders und meine Mutter. Heute hatte ich die Ehre, mit letzterer telefonieren zu dürfen.

»Ich weiß auch nicht, man sieht und hört nichts von dir! Wo steckst du?«

»Rasthaus Köschinger Forst.« Ich fuhr mir mit der Hand übers Gesicht. Wohin würde dieses Telefonat führen?

»Könntest dich schon mal melden. Na ja. Halb so wild.« Sie milderte ihre Anklage ab mit dem Zweck, mir zu zeigen, wie freundlich sie gestimmt war. »Wie läuft's sonst so?«

Das mit der kreativen Auszeit würde sie mir übel ankreiden. »Och, alles im grünen Bereich«, wich ich aus.

»Woran arbeitest du zurzeit?«

»Das fällt unter Diskretion.«

»Bei dir klingt es aber mehr nach Beichtgeheimnis.« Frau Laverde senior kicherte. Sie teilte mir mit, mein Schweigen einerseits für albern und übertrieben zu halten, andererseits aber zu akzeptieren, dass sie keinen Einblick in meinen Beruf bekam. Über meine Projekte wusste sie nicht mehr als das, was auf meiner Webseite stand und von der ganzen Welt gelesen werden durfte. Weil sie das mehr oder weniger widerspruchslos schluckte, forderte sie im Gegenzug Einblick in mein Privatleben.

»Bist du noch mit diesem Polizisten zusammen?«

Das hatte Janne ihr gesteckt. Mein lieber Bruder, der oft mit Insiderinformationen aus meiner Tüte bei Frau Laverde hausieren ging. Ich sah sie vor mir: Gerade wieder von den Folgen einer bizarren Diät genesen, das Haar kastanienbraun getönt, die Nägel lackiert, Strass und Glitter an Shirt und Gürtel, Stickereien auf der Jeans, Perlen in den Ohren, Tusche auf den Wimpern.

»Was gibt's bei dir Neues?«, fragte ich lässig.

»Kea Guckmichnichtan!«, spöttelte sie. »Nur nichts rauslassen, was?«

»Hör mal, ich muss weiter und …«

»Ganz kurz nur. Ich habe vor umzuziehen.«

Mein Magen krampfte sich zusammen. Die Bundesrepublik war groß. Nicht nach München. Bitte nicht nach München.

»Und ehe du fragst, ich bin ja ein bisschen mitteilsamer als meine Tochter: Es geht um einen Mann.«

Da bin ich aber beruhigt, dachte ich.

»Wie sieht es mit dem Münchner Wohnungsmarkt aus?«

Knall. Voll ins Schwarze getroffen. Sie kam nach München. Ich sah Frau Laverde schon im Coupé vor meiner Haustür halten.

»Mau«, sagte ich heiser. »Es gibt nichts Bezahlbares.« Mehr fiel mir dazu nicht ein.

»Komm schon, Kea, greif mir einmal unter die Arme! Kennst du niemanden? Makler, Immobilienagentur? Du hörst doch die Flöhe husten.«

Ich kramte in meinem überstrapazierten Gehirn. Neta, der Unfall, Liliana – und jetzt auch noch Frau Laverde.

»Gina Steinfelder«, sagte ich. »Immobilienbüro. Findest du garantiert in den Gelben Seiten. Du, mein Akku ist gleich leer. Bis demnächst!«

Mit einem entschlossenen Knopfdruck schaltete ich das Handy aus, warf es nach alter Gewohnheit auf den Beifahrersitz und fuhr los.

22

»Ich sehe, Sie sind vorangekommen?«

Marek rührte in seinem Espresso. Er mochte keinen Espresso, aber Dr. Klug hatte zwei bestellt, und so ließ er sich drauf ein.

»Wir haben einen Unfall in Ingolstadt.«

»Das ist doch was.« Dr. Klug lächelte. »Bringen Sie Unfall und Geisterbahn zusammen.«

Marek spürte, wie seine Hände vor Anspannung zitterten. »Noch sind wir am Ermitteln. Die Fahrerin des Unfallwagens …«

»Keine Details! Details langweilen mich. Kleinigkeiten sind Beschäftigungstherapie. Meine Sache ist das große Ganze.«

Marek spürte seinen inneren Widerstand. Aber dann war da dieser eine Gedanke, dieses eine Wort: Hauptkommissar. Endlich. Seiner Mutter mal eins überbraten. Zeigen, hey, allen Unkenrufen zum Trotz, ich bin nicht in der Gosse gelandet. Zugegeben, das roch pubertär. Aber er kam aus dieser Falle nicht raus. Das Arbeiterkind war Beamter geworden. Was niemand je gewürdigt hatte. Wo er herkam, galten die alten sozialdemokratischen Ideale. Marek sah sich in der Espressobar um. Ohne Dr. Klug würde er hier nicht sitzen. In einen dermaßen überkandidelten Laden ging ein Marek Weiß nicht.

So wurde das in der Familie gehandhabt, aus der er stammte, und den Stallgeruch kriegte er nicht los. Familie war die Keimzelle des Terrors. Er hatte sich das familiäre Umfeld des Opfers angesehen und eins und eins zusammengezählt.

»Nur eine Person hat ein Motiv. Die Witwe des Mannes, der der Vater des ermordeten Jungen ist.«

»Sie bekommen jegliche Rückendeckung von mir.« Dr. Klug griff nach seinem Mantel. Er legte zehn Euro auf den Tisch. »Halten Sie sich ran, wir wollen eine gute zweite Wiesn-Woche.«

23

Ich hätte einen Pfarrer mitnehmen sollen, jemanden, der sich mit solchen Situationen auskannte. Nun stand ich mitten in diesem großen Haus, das zu riesig und unförmig für eine kleine Frau wie Liliana schien, auf einem beigen Teppichboden, zwischen cremeweißen Wänden, Bücherregalen, Pflanzen. Einem gemütlichen Zuhause, dem die Seele verloren gegangen war.

»Frau Bachmann, Neta wird sich erholen.« Ich kam mir bescheuert vor. Was, wenn Neta starb? Wenn ich Liliana Hoffnungen machte, die sich nicht bewahrheiten würden? Verdammt, warum war ich in diese Geschichte hineingeraten? Warum hatte ich Neta meine Karte gegeben? Warum fesselte mich die Liebe dieser beiden Frauen so sehr? Ich hatte mit Juliane darüber sprechen wollen, als wir nach Innsbruck rauschten, aber dann hatte ich den Anfang nicht gefunden.

»Wie ist das passiert?«, fragte Liliana zum dritten Mal.

»Die Bremsen an ihrem Auto waren manipuliert. Jemand hat daran gedreht, früher oder später hätten sie versagt. Es hätte schlimmer kommen können.« Zum Beispiel auf einer Autobahn bei Tempo 160. Falls ein Twingo überhaupt so schnell fuhr.

»Wer hat das gemacht?«

»Die Polizei kümmert sich darum.«

Seit 20 Minuten, seit ich gekommen war, standen wir im Wohnzimmer, ich wie festgewurzelt in der Mitte, Liliana am Fenster. Das hochgesteckte Haar rutschte ihr nach und nach in den Nacken. Sie achtete nicht darauf. Draußen war es mittlerweile dunkel. In ihren schwarzen Kleidern schien sie mit der Finsternis zu verschmelzen. Ich hörte einen Zweig gegen die Scheibe wischen. Der Wind hatte aufgefrischt. Eine deutliche Ahnung von Herbst lag in der Luft.

»Setzen Sie sich!« Liliana wies auf das Sofa. »Möchten Sie etwas essen, etwas trinken?«

Ich wollte ablehnen, aber dann dachte ich, dass Liliana etwas zu tun brauchte. Etwas für die Hände. Mir ging es immer so, wenn ich aus der Fassung geriet, und die Bewegung der Finger auf der Tastatur genügte dann nicht.

»Kaffee wäre klasse.« Kaffee war immer das Erste, was mir einfiel.

»Mit Milch? Zucker?«

»Schwarz. Ohne alles.«

»Dann haben wir etwas gemeinsam.« Liliana wischte die Tränen weg und ging in die Küche.

»Schwarz wie die Nacht, heiß wie die Liebe und süß wie die Sünde«, rief ich ihr nach. Zum Teufel, wie war ich auf diesen Spruch gekommen?

»Dieses geflügelte Wort hat mein verstorbener Mann gern benutzt«, sagte Liliana, als sie mit einem Tablett zurückkam. »Und ich habe erst sehr spät begriffen, was er damit meinte.«

Was gibt es da zu begreifen?, dachte ich, verkniff mir die Bemerkung, und nahm dankend eine dampfende Tasse entgegen.

»Mein Mann hatte eine Affäre. Es dauerte mehr als sieben Jahre, bis ich dahinterkam. Dann blieb mir die Spucke weg.« Sie hob die Tasse, als wolle sie mir zuprosten. »Ja. Süß wie die Sünde.«

Kannst du nicht einmal diese neunmalklugen Bemerkungen sein lassen, Kea, schalt ich mich, und hörte die Stimme meiner Mutter. Spontisprüche stellten gerade jetzt absolut keine Hilfe dar. Andererseits: Affären waren an der Tagesordnung. Seltsam nur, dass ein Mann mit einer Frau wie Liliana an seiner Seite eine Affäre brauchte. Sie war intelligent, besaß Humor. Die hohe Stirn und das dicke Haar gaben ihrem Gesicht etwas von zeitloser Schönheit. Wenn die Trauer sich nicht über sie gestülpt hätte wie eine Kutte, würde man sie bestimmt öfter lachen sehen.

»Kann ich Neta besuchen?«, fragte Liliana.

»Sicher. Haben Sie einen Wagen?«

»Ja. Aber ich fahre nicht mehr gern weite Strecken.«

»Wenn Sie wollen, bringe ich Sie morgen hin.«

»Danke.«

Eine Weile knisterte Schweigen. Was hatte ich da wieder versprochen? Alfa einfahren, schoss es mir durch den Kopf. Als brauchte ich eine Entschuldigung, nett zu jemandem zu sein.

Schließlich sagte Liliana: »Neta hat mein Leben hell gemacht. Ohne Neta wäre ich …« Sie schüttelte den Kopf, als sei ihr nicht zuzumuten, die richtigen Worte für ihre Gefühle zu finden. »Ich habe meine Freundinnen, sicher, und auch Berts Freunde kümmern sich um mich. Aber mein Sohn ist tot. Mein Johannes.« Tränen stürzten aus ihren Augen, und die Wucht ihrer Gefühle schien sie selbst zu erschrecken. »Jetzt, wo ich allein bin, ist Neta mein Ein und Alles. Sie ist mein Kind. Mein Schutzengel. Sie bedeutet mir alles. Und wenn ich sie verliere …« Sie beendete ihren Satz nicht.

Ich wartete. Sie war nicht meine Kundin. Dennoch begann ich im Geiste, ihre Biografie zu schreiben. Wie ich es oft tat, wenn ich mit Menschen zu tun hatte, die von sich aus zu erzählen begannen, was niemand sie gefragt hatte.

24

Sandra Berlin kroch fast in den Bildschirm hinein. Markus Freiflug hatte den starken Verdacht, dass sie kurzsichtig war, jedoch auf eine Brille verzichtete. Wie Frauen das eben so machten. Nicht, dass Freiflug viel Erfahrung mit Frauen gehabt hätte. Zwei Freundinnen im Leben, die erste mit 14, die zweite mit 20. Das war alles, was er zu bieten hatte. Die Damen mochten wahrscheinlich keine Männer mit Pferdeschwanz mehr. Die Zeiten waren vorbei. Nero hatte so etwas angedeutet. Wobei es mit Neros Leidenschaft ja auch nicht zum Besten stand. Sollte sein Kollege so unvorsichtig sein, Kea von der Leine zu laufen, würde er einspringen.

»Also ein Virus«, sagte Sandra zum dritten Mal. »Sorry, aber ich habe nicht viel Ahnung von Computern.«

»Zuerst sah es kompliziert aus«, half Freiflug aus, »aber das Virus ist recht simpel gestrickt. Es hebelt die Sperren aus, die das Programm enthält.«

»Oops?«

»Das bedeutet Folgendes: Wenn eine Gondel sich einem Gespenst nähert, löst sie an einer bestimmten Stelle den Gruseleffekt aus. Jaulen, eine ausgestreckte Hand, Lichtreflexe, was weiß ich.« Freiflug klickte den Schaltplan von ›The Demon‹ an, obwohl er ahnte, dass Sandra damit nicht viel anfangen konnte. »Schau. Hier neben der grünen Linie steht der Sensenmann. Auf dieser Strecke nähert sich die Gondel. Nun löst sie eine Lichtschranke aus. Der Impuls geht zum Rechner, der Geist streckt die Hand aus«, Freiflug hielt seinen linken Arm über den Bildschirm, »dann löst die Gondel die zweite Lichtschranke aus und der Effekt schaltet sich ab, der Sensenmann zieht die Hand zurück.« Er fuhr seinen Arm ein wie ein Teleskop.

»Das hat er in unserem Fall aber nicht getan.«

»Exakt. Der Bub ist ihm sozusagen in die Arme gelaufen.« Freiflug mochte keine Witze über den Tod, und dieser war ihm einfach so über die Lippen gekommen, ohne dass er sich der Doppeldeutigkeit seiner Worte rechtzeitig bewusst wurde. »Das Virus hat also nur diesen Effekt abgeschaltet. Keinen anderen.«

Sandra lehnte sich zurück und rieb ihr Gesicht. »Will heißen, es war nur auf den Sensenmann programmiert, und zwar nur auf den Ausschaltimpuls.«

»Jep.« Cleveres Mädchen, dachte Freiflug.

»Sobald dieser Impuls einmal versagt hatte, kam die Bahn zum Stillstand?«

»Genau. Das lag aber nicht an dem ausgeschalteten Effekt. Als die Hand den Brustkorb des Jungen berührte, ging eine Fehlermeldung ans System. Ein Notfallbefehl stoppte alle Gondeln.«

»Nehmen wir mal an, der Täter wartete exakt auf

die Gondel, in der Marius saß. Wie kann er den Effekt just bei einer bestimmten Gondel ausschalten?«

»Indem er dem Programm rechtzeitig den Befehl erteilt. Jede Gondel ist durch eine spezifische Ziffernkombination identifizierbar. Im Kontrollraum stehen Monitoren, die zeigen, wo sich welche Gondel gerade befindet. Allerdings hat Göschner auch hier gespart. Die Auflösung ist nicht der Hit. Du erkennst zwar, dass einer in dem Bob sitzt, aber wer das ist, siehst du nicht. Die Gesichter sind völlig verschwommen.«

»Wusste der Täter, welcher eventuell identisch mit dem Informatiker ist, der das Virus gebastelt hat«, sagte Sandra langsam, »dass es diesen Notfallbefehl gibt und ›The Demon‹ sich sozusagen ausschaltet?«

»Ich denke schon.« Freiflug nahm die Nickelbrille von der Nase und putzte die Gläser an seinem Sweatshirt ab. »Wer so ein Programm abliefert, dem sollte es nicht schwerfallen, etwas über die allgemeine Organisation von Geisterbahnen zu wissen.«

Sandra lächelte. »Mag sein. Und um das Virus zu programmieren, musste er sich zuvor die Originalsoftware beschaffen?«

»Genau. Sprich: Unser Mann ist auch gut im Hacken.«

»Wie effektiv ist so ein Geisterbahnprogramm geschützt?«

»›The Demon‹ hat es mit dem magersten Sicherheitstyp versucht. Das hätte jeder Teenager knacken können. Außerdem bin ich ziemlich sicher, dass der Bastler auch der Täter ist. Also derjenige, der den Laptop in den Technikraum in der Geisterbahn getragen und an den Rechner angeschlossen hat. Wir wissen aus Erfahrung, dass Freaks, die sich auf Viren spezialisieren, meist allein arbeiten und die Hackerei nutzen, um sich von anderen abzugrenzen. Die typischen Einzelgänger. Anders als bei Industriespionage und im Cyberkrieg.«

»Psychologie«, seufzte Sandra. »Bald muss ich einen Psychofritzen hinzuziehen. Was war mit dem Rechner von Marius Nedopil?«

»Nichts von Belang. Das Jüngelchen hat sich im Internet ein paar harte Pornos angeguckt. Cookies verraten alles. Aber sonst: Babykram. Was ein 14-Jähriger eben so mag. An Spielen hatte er nur legale Sachen, keine aufgemotzten Bosheiten aus dem Cyberspace.«

»Woncka macht Stress. Er glaubt nach wie vor, dass wir jemanden suchen müssen, der deine Truppe im Visier hat.«

»Unmöglich. Wie sollte jemand wissen, dass wir uns auf der Wiesn verabredet haben?«

»Habt ihr das vielleicht per Mail gemacht?«, erkundigte sich Sandra.

Freiflug stöhnte. »O. k., E-Mail. Ja.«

»Wer ein solches Virus ausbrüten kann, kommt vielleicht auch in unsere Rechner rein.«

»Unsere Rechner sind gesichert«, gab Freiflug zu bedenken. »Doppelt und dreifach.«

Sandra sah zweifelnd drein.

»Wirklich. Ein Geisterprogramm zusammenzuschustern ist um Klassen leichter, als in die bayerischen Beamtenrechner einzudringen, glaub mir.«

»So?«

»Außerdem muss der Täter nicht notwendigerweise Informatiker sein. Kann eine Hausfrau sein. Oder ein Gärtner. Irgendein Crack, der Spaß an Computern hat. Wirklich, Sandra. Dieses Virus kannst du nach einem Einführungskurs ins Hacken auch programmieren.«

»Das macht es für uns jetzt nicht einfacher.«

»Mit ein bisschen Zeit finde ich heraus, ob es Angriffe auf unsere Mails gab.«

»Mach das.«

»Bloß wann?« Freiflug ließ die Fäuste auf die Tischplatte sinken. »Ich soll diese Schnittstelle aufbauen, vergiss das nicht.«

»Nachts?«, schlug Sandra lächelnd vor. »Mach es nachts.« Sie strich sich die Locken hinter die Ohren. Die marineblaue Bluse mit dem aufgestickten goldenen Anker auf der Brusttasche stand ihr ausgezeichnet. Nur in den Jeans sah sie irgendwie verkleidet aus. Zu Sandra passten Röcke. Ganz eindeutig.

»Danke für den Vorschlag. Trotzdem ist eine Sache ausgesprochen seltsam: Wenn der Anschlag einer bestimmten Person galt, warum dem Jungen?«

»Nicht dem Jungen«, sagte Sandra. »Da bin ich fast sicher. Wir haben seinen ganzen Hintergrund ausgeleuchtet. Da gibt es nichts. Ein braves Kind, das mit seiner alleinerziehenden Mutter zusammenlebt.«

»Habt ihr auch mal den unehelichen Vater gecheckt?«

»Der ist tot.«

»Lebte er im luftleeren Raum?«

»Er war verheiratet und hat eine Witwe hinterlassen.«

»Siehst du!«

»Die Witwe? Warum sollte die das uneheliche Kind ihres Mannes umbringen wollen?«

»Mich geht's nichts an. Aber vorhin hat Nero angerufen. Auf der Bundesstraße bei Ingolstadt hat es einen Unfall gegeben. Eine junge Frau ist beinahe zermalmt worden. Die Bremsen an ihrem Twingo waren manipuliert, funktionsuntüchtig. Und diese Frau war mit ihrer Mutter auch in ›The Demon‹. Zur selben Zeit wie wir und der Bub.«

Sandra starrte Freiflug mit weit aufgerissenen Augen an. Hollywood, dachte Freiflug. Warum ist sie nicht in Hollywood? Warum quält sie sich hier mit Mördern herum?

»Und warum erfahre ich das erst jetzt?«

»Mails schon gelesen?«

»Verflucht!« Sandra sprang auf. »Wozu gibt es Handys? Denkst du, ich habe Lust, andauernd in diese Computer reinzustarren, als käme der Leibhaftige persönlich zur Videokonferenz?«

Freunde des Nachtlebens, die kann auch anders, dachte Freiflug.

»Also das Unfallopfer, eine gewisse Neta Kasimir, sprang am Mordtag, kurz bevor ihre Gondel in die Bahn einfuhr, wieder heraus.«

Sandra schüttelte sich. »Ich kapiere gar nichts mehr.«

»Sie bekam einen Anruf auf ihr Handy«, half Freiflug nach.

»Danke für den süffisanten Unterton!« Sandra schoss hoch und lief auf den Gang. »Holt mir die Aussage von Neta Kasimir! Sofort!«

25

»Wo macht man weiter, wenn man nicht weiterkommt?«, versuchte Marek Weiß sich in Philosophie und sah zwischen Ute und Sandra hin und her.

»Man fängt noch einmal von vorn an«, entgegnete die Ermittlungsleiterin und trommelte mit den Fingern auf dem Tatortbefundbericht. »Also: Spurenlage?«

»Nichts. Nothing. Nada!« Ihr Kollege schüttelte den Kopf, als könne er es nicht glauben. »Wir haben keine Fingerabdrücke, keine Faserspuren, keine digitalen Spuren, wenn es das ist, worauf du spekulierst. Wir wüssten nicht einmal, dass jemand dort in der Geisterbahn gewesen ist, wenn wir nicht die Aussage des Technikers hätten. Aber er erinnert sich nur schwach an einen dunklen, kleinen Schatten, der in den Technikraum eindrang. Wie, das kann er nicht sagen …«

»Hol mal Luft«, sagte Sandra. »Wir haben drei, nein, vier Gründe, an die Anwesenheit eines Mörders zu glauben: erstens der ausgeknockte Techniker, zweitens die abgeschabte Isolierschicht auf der Gespensterhand, drittens das ausgesteckte USB-Kabel und viertens«, sie senkte den Kopf und sah ihren Kollegen eindringlich an, »die Videoaufzeichnungen, die eine schlanke, schwarz gekleidete Gestalt zeigen, die durch den Seiteneingang aus der Geisterbahn schlüpft.«

»Die Nachbarin, die Saure-Gurken-Tussi, meint, sie hätte die Figur ein paarmal gesehen.«

»Die Phonetiker haben eine einzige Stimme aus einem Heer von Anrufern analysiert: Der Mann ist zwar noch anonym, aber stimmlich ein alter Bekannter. Ein Vogel, der bei allen möglichen Gelegenheiten hier anruft und zwitschert.«

»Und die anderen Anrufer?«, erkundigte sich Marek.

»Keine verwertbaren Ergebnisse.« Sandra studierte die Blätter mit den Zeugenaussagen. »Was machen wir mit den manipulierten Bremsen an Neta Kasimirs Wagen? Wer übernimmt das?«

Stachelkopf-Ute meldete sich. »Das mache ich.«

»Sehr gut. Unser Wochenende fällt ins Wasser. Hilft alles nichts, Kollegen.« Sandra straffte die Schultern. »Wo gibt es Zusammenhänge? Wo treffen sich Aussagen?«

»Die Witwe. Sie hat als Einzige ein sauberes Motiv«, sagte Marek und nickte mit Nachdruck zu seinen eigenen Worten.

»Ist die Tatsache, dass ein Ehemann ein uneheliches Kind hat, schon ein Motiv für die Ehefrau, dieses Kind umzubringen?«, wandte Ute ein.

»Wir müssen mehr über ihr soziales Umfeld wissen«, insistierte Marek.

»Und dafür bist ab heute du zuständig.« Sandra lehnte sich zurück. Sie war Hauptkommissarin. Sie koordinierte. Schickte die Leute raus. Das war ihr gar nicht recht. Sie wäre gern selbst zu der Witwe gefahren. Sollte sie fahren? Womöglich stellte Marek sich zu dusselig an. Aber sie hatte zu tun. Sie hatte dermaßen viel abzuarbeiten, und dann saßen ihr noch die Politiker im Nacken. Was wird aus der Wiesn, wenn wir nicht schnell einen Mörder präsentieren? Möglichst einen privaten, ganz kuscheligen Hintergrund, ein Familienmotiv, nichts, was den Gästen die Wiesn vermiest, wo die Besucherzahlen sowieso zurückgehen …

»Eine zierliche Person.« Sandra strich sich mit dem Handrücken über die Stirn. Ihr war heiß. »Neta Kasimir ist schmal gebaut. Vergleichbar mit dem Täter. Aber sie liegt jetzt im Klinikum Ingolstadt.« Erschöpft warf sie Marek eine Akte auf den Schoß. »Der Innenminister hat angerufen.«

»Scheiße.« Mareks Gesicht färbte sich rot.

»Wir müssen denen einen Mörder vor die Tür legen.«

»Die Sicherheitsvorkehrungen auf der Wiesn sind ohnehin Wahnsinn«, begehrte Marek Weiß auf. »Wer hat denn Lust, sich die Handtaschen durchsuchen zu lassen?«

»Ist in der Disco nicht anders.«

»Ich gehe nicht in die Disco.«

»Ich auch nicht.« Sandra versuchte ein Lächeln. »Fahr zur Witwe. Nimm sie auseinander.«

26

Liliana umklammerte Netas Hand. Ihr Kopf lag auf dem Laken neben Netas Schulter. Neta schlief. Ich saß daneben; wie bestellt und nicht abgeholt. Liliana hatte bitterlich geweint, als sie Neta sah. Ich musste ihr mit meinen Tempos aushelfen. Aber Neta bekam gar nichts mit. Man hatte sie mit Schlaftabletten vollgepumpt.

»Sie sind die Mutter?«, knurrte die Krankenschwester, die ich schon kannte. »Die Entzündungswerte sind besser als gestern. Gutes Zeichen. Sie ist allerdings ziemlich geschwächt. Wird lange dauern.«

»Wird sie wieder ganz gesund?« Liliana hob den Kopf, streichelte Netas Gesicht.

»Müssen wir beobachten. Die Antibiotika schlagen an. In der Nacht war sie furchtbar unruhig.«

»Deswegen habt ihr sie mit Pillen ausgeknockt, oder?«, fragte ich.

Die Krankenschwester starrte mich an, als sei ich soeben zwischen den Seiten eines schlechten Romans herausgekrochen und zufällig vor ihrer Nase gelandet.

»Ich bleibe hier«, bestimmte Liliana. »Ich bleibe bei ihr.«

Die Krankenschwester zuckte die Schultern und verschwand. Gerade rechtzeitig, denn mein Handy klingelte, und das hätte mir wahrscheinlich ein Hausverbot eingebracht.

»Kea, wo bist du?«

Neros Stimme!

»Bei Neta. Im Krankenhaus in Ingolstadt.«

»Sag mal, wo ist die Witwe?«

»Welche Witwe?«

»In den Zeugenaussagen steht, dass Neta Kasimir mit der Witwe des Mannes unterwegs war, dessen unehelicher Sohn in der Geisterbahn ermordet wurde.«

»Bitte? Wessen unehelicher Sohn?« Aus den Augenwinkeln sah ich Netas Lächeln, als Liliana ihre Wangen streichelte. Die Zärtlichkeit in ihrer

Geste machte mich aggressiv. Sofort sprang meine Wut auf Nero über.

»Interessant, dass ich das auch mal erfahre.«

»Was hat es mit dir zu tun?«

»Ich stehe hier am Krankenbett«, belferte ich. »Und Liliana ist auch da. Also, wenn du sie sprechen willst …«

»Kollege Weiß wollte sie vernehmen. Dann schicke ich ihn jetzt nach Ingolstadt. Es ist dringend.«

»Ach, ist es das?« Ich verließ das Zimmer. »Die Witwe kann den Jungen kaum umgebracht haben. Sie saß selbst in einer Gondel in ›The Demon‹ und stand unter Schock, als sie endlich den Ausgang fand. Ich habe sie gesehen, wie sie Neta und mir entgegentaumelte.« Das Grauen dieser Minuten hatte mich wieder. Vor allem aber die Angst um Nero. Warum hatte ich um ihn gebangt? Und warum war ich jetzt zornig auf ihn?

»Die Soko Geisterbahn steckt fest. Es geht nicht vor, nicht zurück.«

»Deine Kollegen spekulieren also genauso wie die Zeitungen«, stellte ich fest. An der Tankstelle hatte ich mir die Schlagzeilen angesehen. Das genügte.

»Eben. Die Politik macht Druck. Das Oktoberfest darf nicht sterben. Du weißt selbst, welche Lobby die Wiesnwirte haben. Wenn denen der Umsatz wegbricht …«

»Ich glaube kaum, dass sie ihren Schnitt wegen dem Geistermörder nicht machen«, hielt ich dagegen. »Eher, weil die Leute keine Lust haben, am Eingang wie Verbrecher behandelt zu werden. Man fragt sich ja mal wieder, wer vor wem geschützt werden soll.«

»Keine Zeit für Grundsatzdiskussionen, Kea. Der Fall muss geklärt werden. Ein Kind …«

»Ja, mit Kindern kommt man immer gut ins Rennen. Das ist super für die moralische Empörung der selbstgerechten Idioten.«

»Was ist eigentlich los mit dir?«, fragte Nero.

Der Unterton gefiel mir nicht.

»Lass mal«, mühte ich mich. »Ich habe schlecht geschlafen.«

»Ist ja nichts Neues.«

»Tschüss.« Ich legte auf. Nun würde die Polizei Liliana in Scheiben schneiden. Aber nur über meine Leiche. Diese Frau hatte genug gelitten.

27

»Sie haben also keinen Kontakt zu Astrid Nedopil?«, fragte Marek Weiß.

Ich sah ihm gebannt in die Augen. Der Mann wünschte sich an den Strand der Pfefferküste, nur möglichst weit weg. Irgendwie mochte ich die Art nicht, wie er Liliana musterte. Ich saß eng neben ihr. Wie festgeklebt. Marek konnte nur uns beide kriegen. Oder keine von uns. Nun begann mein neues Leben als Bodyguard.

»Nein«, sagte Liliana mit verkniffenem Lächeln.

Wir saßen in der Cafeteria. Ich meditierte über einer ockerfarbenen Plempe, die unter dem Label Kaffee verkauft wurde. Liliana hatte Tee genommen. Das Gebräu besaß dieselbe Farbe. Marek Weiß hielt uns eine Tüte Gummibärchen hin.

»Wenn Sie möchten …«

Ich nahm eines. Allmählich sortierten sich die chaotischen Gedanken in meinem Kopf zu ordentlichen Stapeln.

»Wann begann die Affäre zwischen Ihrem Mann und Astrid Nedopil?« Der Kommissar zog einen Notizblock aus der Hemdtasche und warf ihn auf den Tisch, als wolle er eine Schmeißfliege zermalmen.

»Soweit ich weiß, vor 15 Jahren.« Lilianas Augen füllten sich mit Tränen. »Aber ich verstehe nicht, was das mit Ihren Ermittlungen zu tun hat.«

Ich verstand es auch nicht. Ich trank noch einen Schluck von der unsäglichen Lorke und schob die Tasse weg. Lorke. So hatte meine Oma Laverde einen Kaffee genannt, der aus nichts als braun gefärbtem Wasser bestand. Aber offenbar hatte diese letzte Dosis Koffein ausgereicht, um mir die Augen zu öffnen. Und die Hirnwindungen freizufegen.

»Der tote Junge ist Herrn Bachmanns Sohn!«,

platzte ich heraus. Und wäre am liebsten im Boden versunken.

»Ja. Jetzt, wo Sie es sagen …« Marek Weiß sah mich erleichtert an.

»Der Junge …?«, flüsterte Liliana.

Vielleicht hatte sie etwas Schutzbedürftiges an sich. Vielleicht machte es mir aber auch ihr sanftes Wesen leicht, meine Hand auf ihre zu legen.

»Haben Sie das nicht geahnt?«, fragte ich. Als Ghost standen mir Suggestivfragen zu.

»Nein!« Der letzte Rest Farbe sackte aus Lilianas Gesicht.

Marek Weiß und ich schwiegen.

»Weiß es Neta?«, flüsterte Liliana.

Ich zuckte die Achseln. »Wir sollten sie damit jetzt nicht belasten.«

Liliana nickte. »Nein. Sie soll erst gesund werden. Sie muss gesund werden. Wenn sie es nicht schafft …« Nun rollten die Tränen über Lilianas blasse Wangen. »Wenn sie es nicht schafft, das halte ich nicht aus. Sie ist mein ein und alles. Mein liebes Mädchen.«

Weiß und ich wechselten Blicke. Zu lieben machte angreifbar. Liliana war eine einzige Wunde.

»Frau Bachmann, wollen Sie uns erzählen, wie alles kam? Wie Sie zu Astrid Nedopil stehen? Zu ihrem Sohn?«, fragte ich, weil ich nicht anders konnte.

Liliana tupfte sich die Augen und nickte.

»Es macht alles wenig Sinn. Aber gut.« Sie straffte die Schultern.

Ich nahm noch ein Gummibärchen. Versuchte, ein grünes zu erwischen, geriet an ein gelbes und traute mich nicht, mit der Tüte zu knistern, um es gegen ein grünes auszutauschen.

»Ungefähr vor 15 Jahren muss diese Affäre begonnen haben. Jemand aus unserem Freundeskreis hat meinen Mann und … und Frau Nedopil miteinander bekannt gemacht. Eugen Walt. Dr. Eugen Walt. Ein Apotheker. Mein früherer Kommilitone. Natürlich nicht mit der Absicht, dass die beiden – nun, etwas miteinander anfangen. Ach, ich weiß nicht.« Sie barg ihr Gesicht in den Händen. Marek Weiß sah mich an, als wolle er mir sagen: Nun tun Sie doch was!

Ich berührte vorsichtig Lilianas Schulter. Sie wich nicht aus. Als brauche sie diesen zarten Hauch einer menschlichen Hand, um sich aus ihrem Abgrund zu retten, sich zu konzentrieren.

»Ich ahnte nichts. Er war oft nervös, mein Mann. Unruhig. Viel unterwegs. Das ist ein Klischee, ich weiß. Alle Frauen, deren Männer viel außer Haus sind, wollen glauben, dass es wegen der Arbeit ist. Ich dachte das auch. Bert war in der Nukleartechnik tätig. Das hat ihn bis an die Grenzen des Erträglichen gefordert. Er hat immer sehr darauf geachtet, dass niemand etwas von seinem Doppelleben merkte.«

Endlich kriegte ich ein grünes Gummibärchen aus der Tüte. Ich zwang mich, nicht zu kauen, sondern den Geschmack durch Lutschen zu potenzieren.

»Wenn das Kind nicht geboren worden wäre …« Sie schüttelte den Kopf. »Aber diese Frau flehte meinen Mann an, ihr das Kind zu lassen, sie nicht zu einer Abtreibung zu zwingen. Sie war schon über 40. Es war ihre letzte Chance. Sie wollte das Kind bekommen, versprach ihm, sie würde nie mehr etwas von ihm verlangen. Wenn sie nur das Kind hätte. Ha!« Das bittere Lachen passte nicht zu Lilianas Gesicht, das in der Trauer, im Entsetzen immer noch freundlich wirkte. »Natürlich forderte sie dann etwas. Immer mehr. Bert hat auch all die Jahre bezahlt. Nicht dass Sie denken, ich wäre dagegen gewesen. Das gehörte sich!«

»Wann haben Sie von dem Kind erfahren?«

»Der Junge war sechs und wurde eingeschult. Erst da bekam ich mit, was lief. Bert war sehr vorsichtig. Für die Alimente richtete er ein eigenes Konto ein. Sein Arbeitgeber überwies einen Teil seines Gehaltes direkt auf dieses Konto. Ich konnte nichts merken. Aber dann«, Liliana schluchzte, doch sie sprach weiter, »sagte mir eine unserer Nachbarinnen, was Sache war. Sie hatte Bert bei der Einschulung des Jungen getroffen. Er war mit … mit dieser Frau und seinem Sohn dort. Es war Zufall! Unsere Nachbarin hat einen Enkel, der an dieselbe Schule kam. Wie es eben manchmal so geht!«

Ich schob ihr eine Packung Tempos zu. Sie schnäuzte sich.

»Ja, und dann«, fuhr sie fort, »habe ich Bert zur Rede gestellt. Er machte geltend, mir oder unserem gemeinsamen Sohn habe es an nichts gefehlt. Wie auch? Bert hat gut verdient. Und ich auch. Ich bin

Apothekerin. Ich habe wieder gearbeitet, sobald unser Johannes in der Schule war. Aber Geld ist ja nicht alles.«

»Was wissen Sie über Marius Nedopil?«

Liliana sah auf.

»Ich hatte solches Mitleid mit der Mutter, als ich hörte, was in der Geisterbahn passiert ist. Ich habe einen Sohn verloren. Ich habe alles verloren. Und jetzt …« Sie brach ab. Ich ahnte, was sie sagen wollte: Sie wusste nicht mehr, was sie fühlen sollte. Hatte die Geliebte ihres Mannes jahrelang gehasst. Mit der Mutter des Mordopfers dagegen hatte sie tiefes, ehrliches Mitleid empfunden. Und nun stellte sich heraus, dass beide Personen identisch waren. Was für ein Irrsinn.

»Ich bin auch spät Mutter geworden. Ich kann sie verstehen!« Liliana riss sich zusammen. »Sie wollte dieses Kind, wie ich meinen Johannes wollte.«

»Was hat denn Ihr Sohn gesagt, als herauskam, dass sein Vater ein anderes Kind hat?«

»Johannes wusste es schon vorher.«

»Wie bitte?«, riefen Weiß und ich gleichzeitig.

»Ja. Bert nahm Johannes ab und zu mit zu dem kleinen Marius. Er wollte, dass die Brüder eine Beziehung zueinander aufbauen.«

Vielleicht nicht so dumm, überlegte ich, war aber so schlau, es nicht zu sagen.

»Was wissen Sie über die Nedopils?«, fragte Marek Weiß und klang wieder ganz wie ein Polizist. Wie Nero, wenn er entschlossen war, auf das einzige Thema zurückzukommen, das zählte.

»Nichts.«

»Nichts? Welche Freunde hat Astrid Nedopil? Wo arbeitet sie? Wie sieht es mit ihren Kollegen aus? Welche Freunde hatte der Junge?«

Liliana weinte. Sie barg ihr Gesicht in ihren Armen auf dem klebrigen Cafeteriatisch. Niemand achtete auf uns. In einem Krankenhaus waren alle mit ihren eigenen Kümmernissen beschäftigt.

»Lassen Sie sie in Frieden«, sagte ich zu Marek Weiß. »Sie ist am Ende. Und wo die Nedopil arbeitet, das haben Sie doch sicher längst rausgefunden. Marius' Kumpels waren in ›The Demon‹. Fragen Sie die oder ihre Eltern. Oder diesen Eugen Walt. Kann doch nicht so schwer sein.«

»Schreiben Sie mir nicht vor, wie ich meine Arbeit zu machen habe!«

»Verdammt, Frau Bachmann braucht Schutz, keine Anklage.«

Marek Weiß wurde rot im Gesicht. Er kritzelte etwas auf seinen Block und stand auf: »Frau Bachmann, soweit wir bisher herausgefunden haben, sind Sie unsere Hauptverdächtige. Wir leuchten Ihr Umfeld aus, bis wir wissen, was wir wissen wollen.«

Er stiefelte davon. Ich brauchte nur Sekunden, um meine Verblüffung zu überwinden. Wie ein Wiesel rannte ich ihm nach.

»Sie sind ja nicht dicht!«, rief ich ihm nach und erntete das Grinsen eines unverschämt jungen Arztes, der mir mit einem Pappbecher Kaffee in der

Faust gerade noch aus dem Weg hüpfte. »Liliana war in der Bahn, als es passierte. In der Geisterbahn. Sie hat niemanden umgebracht.«

Marek Weiß drehte sich um und kam auf mich zu. Jetzt sah er nicht mehr hilflos aus, sondern knallhart wie ein Panzerknacker.

»Mäßigen Sie sich in Ihrem Tonfall!«, stieß er zwischen den Zähnen hervor. »Das rate ich Ihnen dringend. Frau Bachmann ist die Einzige, die ein Motiv hat. Wer, bitte schön, sollte den Jungen sonst aus dem Weg haben wollen?«

»Sie kapieren echt überhaupt nichts!«, brach es aus mir heraus. »Schalten Sie mal das Organ ein, das Sie in Ihrem Schädel mit sich herumtragen! Sie hat selbst ein Kind verloren. Glauben Sie, dass sie ein anderes Kind umbringt?«

»Und dann brauche ich die Bewegungsdaten dieser Neta Kasimir. Wann sie wo war in den letzten Wochen. Vor allem am Tag nach den Aufbauarbeiten auf der Wiesn. Wir suchen einen Mann oder eine Frau von ihrer Statur.«

Ich kriegte den Mund nicht zu. Erwartete er etwa, ich könnte ihm diese Infos zuschanzen? Keuchend holte ich Atem.

»Halt! Beamtenbeleidigung kann teuer werden.«

»Have a break, have a kitkat«, erwiderte ich.

28

»Vollkommen absurd«, sagte Sandra Berlin. »Du spinnst, Marek.«

»Aber wir haben niemand anders auf dem Zettel!«

»Und dann hat sie die Bremsen manipuliert? Am Wagen einer jungen Frau, die ihr in den Wochen der Trauer beisteht? Das glaubst du doch wohl selbst nicht. Du solltest das Umfeld ausleuchten und sie nicht mit Verdächtigungen plattwalzen!«

»Wer sonst hat den Jungen auf dem Gewissen?« Marek Weiß riss das Fenster in Sandras Büro auf. »Seine Spezeln? Sein Mathelehrer? Sein Nachbar? Woher weißt du überhaupt, ob die Kasimir nicht auf die Kohle der alten Bachmann aus ist? Arm ist die nicht!«

Sandra seufzte. Mareks Sozialneid ging ihr gegen den Strich. Dieses Gewinsel: Warum sollen andere etwas haben, wenn ich ein armer Schlucker bin. »Ich weiß. Wir haben nichts.«

»Die Kasimir hat die passende Figur. Vielleicht sehen wir sie auf den Videos. Die Politik klebt uns im Nacken. Haben wir niemanden, den wir für eine Woche unter dringendem Tatverdacht festnehmen können? Nur, um die Bagage zu beruhigen?«

»Marek!«

»Demokratie hin oder her. Dieses Land ist doch längst keine Demokratie mehr. Knallen wir alles der Kasimir drauf. Die ist aus dem Schneider, weil sie halb im Koma liegt. Bis sie sich erholt hat, ist die Wiesn vorbei und wir können wieder vernünftig arbeiten.«

»Das geht mir jetzt zu weit.« Sandra brachte ihr Pflichtgefühl in Stellung. Vor wenigen Minuten hatte sie einen Anruf aus dem Innenministerium bekommen. Von einem Dr. Klug. Wie passend.

»Die Frau steckt voller Zorn wegen der Affäre ihres Mannes!«, regte Marek sich auf. »Zorn ist eine starke Kraft! Vielleicht hat sie ihre junge Freundin überredet, das Virus zu basteln und …«

»Zorn auf den Mann, auf die Geliebte vielleicht. Aber auf das Kind?«

»Sie kann einen Killer angeheuert haben. Geld hat sie! Checken wir ihr Haus. Ihren Computer.«

»Da macht kein Richter mit!« Sandra stand auf. »Deine Aufgabe ist es, Frau Bachmanns Umfeld in Augenschein zu nehmen. Was ist mit der Apotheke, in der sie früher gearbeitet hat? Frag da nach. Erkundige dich nach Freizeitaktivitäten. Sprich mit den Nachbarn. Der verstorbene Herr Bachmann hat Verwandte: einen Bruder und einen Cousin. Nimm Kontakt auf. Suche nach Ungereimtheiten in der Geschichte um diese Affäre. Und ich schaue mich bei Astrid Nedopil um. Wir müssen ihr mitteilen, wo wir stehen.«

»In Greenwich.«

Sandra runzelte die Stirn. »Wo?«

»Am Nullmeridian!«

»Sehr witzig. Herein!«, rief sie auf das Klopfen an der Tür. »Servus, Bianca!«

Kommissarin Bianca Heinrichs von der Sitte streckte den Kopf in Sandras Büro. »Hast du Lust auf ein kurzes Mittagessen?«

»Ich komme mit.« Sandra stand auf. »Marsch, marsch, an die Arbeit, junger Mann!«

Marek schnitt ihr eine Grimasse und verschwand.

»Bei euch geht es drunter und drüber, oder?«, fragte Bianca Heinrichs und setzte sich auf Sandras Schreibtisch.

»Bei euch wird es nicht anders aussehen.«

»Die Wiesn macht mich kaputt.«

»So schlimm?«

»Wir haben da einen komischen Typen aufgegriffen«, erzählte Bianca. »Hat sich an Mädchen und Jungen herangemacht. Unter anderem in der Geisterbahn. Er sucht Fahrgeschäfte auf, in denen es dunkel ist oder wo sich viele Leute drängen. Logisch, du kennst das. Jedenfalls war er eine gute Stunde, bevor der Mord passierte, Passagier in ›The Demon‹. Wir haben eine Anzeige gegen ihn und werten gerade die Videobänder aus. Einige von denen habt ihr auch durchgesehen, soweit sie in euer Zeitraster passen.«

»Klar.« Sandra nickte. »Wie war das mit dem Mittagessen?«

Sie traten gemeinsam auf den Gang.

»Jedenfalls passt der Knilch von der Beschreibung her auf den Mann, den ihr sucht. Ein Krisperl. Kein Gramm Fleisch auf den Rippen. Das reinste Skelett. Schau ihn dir an und check danach eure Videos noch mal durch.«

Aufgeregt packte Sandra Biancas Arm. »Den will ich sofort sehen. Das Mittagessen kann warten.« Sie nahm ihr Handy und rief in der Technik an. Bat darum, die genauen Daten bezüglich Körpergröße und vermutetem Gewicht des Mannes oder der Frau durchzugeben, den oder die sie auf den Videobändern hatten.

29

Dieser Oberbulle hatte mich ziemlich aufgeregt. Dass er Liliana auf der Verdächtigenliste hatte, tat mir körperlich weh. Wahrscheinlich war es einfach so, dass Liliana in ihrer Schutzbedürftigkeit an die elementaren Instinkte ihrer Mitmenschen appellierte. Ich musste dringend mit Nero reden. Oder mit Juliane. Ich fuhr nach München zurück. Für Neta konnte ich nur hoffen.

Mit Lilianas Hausschlüssel in der Hosentasche

brauste ich über die Autobahn. Ich sehnte mich plötzlich nach einem Ghostwritingprojekt, das mich innerlich weit wegführen würde von ›The Demon‹, der Wiesn, diesem ganzen Krempel. Selbst schuld, ich hatte meine Auszeit gewollt. Wehe dir, wenn deine Wünsche in Erfüllung gehen, hörte ich meine Mutter dozieren. Ja, verdammt. Ich würde schon ein neues Projekt finden. Genügend Leute wollten sich mit einer Autobiografie den Bauch pinseln. Vielleicht sollte ich einfach mal wieder meine E-Mails checken. Ich aktivierte den CD-Spieler und ließ Dvořáks Symphonie aus der neuen Welt abspielen. Eine Aufnahme mit dem Baltimore Symphony Orchestra, das das Largo besonders zärtlich interpretierte.

Liliana wohnte in einer stillen Zeile in Erding. Gepflegte Gärten umstanden in herbstlicher Pracht mindestens ebenso gepflegte Einfamilienhäuser. Ich hielt vor Lilianas Carport, in dem ein nicht mehr taufrischer Opel Vectra stand, und stellte den Motor ab. Hier würde ich nicht wohnen wollen. In einer Nachbarschaft, wo sich die Gardinen bewegten, wenn man eintrudelte. In meiner Klause weit draußen schnatterten höchstens meine Gänse.

Liliana hatte mir alles genau beschrieben. Sie schien Fremden schnell zu trauen, oder vielleicht gab es einfach nur niemand anders, der ihre Sachen zusammenpacken konnte. Ich fand den kleinen Koffer, tappte ins Schlafzimmer, suchte Pyjama und Wäsche zusammen und kam mir komisch vor. In anderer Leute intimen Klamotten herumzuwühlen, bekam mir nicht. Ich konnte mir nicht vorstellen, dass Nero sich dabei wohlgefühlt hatte, wenn er in den Wohnungen von Mordopfern nach Hinweisen gesucht hatte. Aber seine Zeit bei der Mordkommission war vorbei. Definitiv. Manchmal hatte ich sogar den Eindruck, er würde gern ganz aus seinem Job aussteigen. Vielleicht in ein Gut in der Provence ziehen und sich dort mit Kunst befassen. Mit Cocteau, zum Beispiel. Nero mochte Kunst. Er brauchte sie als Gegengewicht zu den Scheußlichkeiten, mit denen er sich sonst herumschlug.

Ich ging ins Bad und packte Zahnbürste, Haarklammern und Cremes nach Anweisung ein. In dem leeren Haus fühlte ich mich beklommen. Als sei ich nicht allein. Blödsinn, dachte ich. Ich bin allein.

Lilianas Mann hatte gut verdient und sie nicht schlecht. Sicher hätten sie sich ein repräsentativeres Zuhause leisten können, wenn sie es gewollt hätten. Ich trabte durch die Räume. Einer sah aus wie das Zimmer eines Jugendlichen, der lange nicht mehr hier gewesen war. Ein Poster von Fleetwood Mac. Ansonsten wenig Aussagekräftiges, bis auf das Notebook auf dem Schreibtisch. Ich zögerte, fasste es dann doch nicht an und ging wieder hinunter. Den Koffer stellte ich hinter der Haustür ab. Der Garten machte mich neugierig. Ich durchquerte das Wohnzimmer und stieß die Terrassentür auf.

Es war kühl geworden. Als wollte der Oktober mit dem Zeigefinger drohen und sagen: Ich bin nicht der, für den ihr mich haltet.

Anders als die raue Natur, die mein Haus umgab, und die Nero spöttisch als botanische Struktur bezeichnete, war dies hier ein richtiger deutscher Garten. Mit Rasen, sauber ausgeschnittenen Obstbäumen, Fliederbüschen, einem Vogelhäuschen und einer Vogeltränke. Weit hinten am Zaun sah ich einen Komposthaufen. Ich ging über das gestutzte Gras. Die akkurat gezogenen Gemüsebeete lagen auf der linken Seite. Das Laub musste erst vor Kurzem zusammengerecht worden sein.

Spießig, dachte ich. Passt gar nicht zu Liliana.

Ich stritt ein bisschen mit einer Amsel, die sich am Rand der Vogeltränke niedergelassen hatte und wütend tschilpte.

»Was machen Sie da?«

Ich fuhr zusammen, die Amsel flog auf und machte sich schimpfend davon.

»Mit Vögeln reden«, sagte ich, nachdem mein Herz sich wieder beruhigt hatte. »Die kleine Krähe hätte mir ein Sonett diktiert, wenn Sie nicht dazwischengegangen wären.«

Marek Weiß kam ums Haus auf mich zu, als wollte er mich sofort festsetzen. »Sie sind also eine Freundin von Frau Bachmann?«

»Nein. Aber ich habe ihren Hausschlüssel«, ich warf den Schlüssel in die Luft und fing ihn wieder auf, »und den Auftrag, ihr ein paar Sachen nach Ingolstadt zu bringen. Sie will bei Neta bleiben, bis es ihr besser geht.«

»Eine herzliche Frauenfreundschaft.«

»Sie können aber bissig sein.«

»Und Sie ziemlich karitativ. Oder macht Ihnen die Fahrerei zwischen München und Ingolstadt Spaß?«

»Ich habe ein neues Auto.«

»Den Spider?«

Ich nickte.

Weiß drehte sich ohne ein Wort um und marschierte auf die offene Terrassentür zu.

»He, Moment mal!«

Er reagierte nicht. Ich beschleunigte und packte ihn an der Schulter.

»He, Herr Oberkommissar oder wie viele Sterne auch immer auf Ihren Schulterklappen scheppern. Das nenne ich Hausfriedensbruch.«

Er schüttelte meine Hand ab und ging ins Haus.

»Sie machen alles dreckig!« Vorwurfsvoll wies ich auf die Erdklümpchen, die auf dem cremefarbenen Teppichboden liegen blieben.

»Sie kennen sich doch aus. Bestimmt wissen Sie auch, wo der Staubsauger versteckt ist. Na los, tun Sie, was Sie nicht lassen können.«

Ich war baff. Das passierte mir selten. Dieser Weiß war noch kaltschnäuziger als ich. Eine seltene Konstellation. Trotzdem hatte er kein Recht, hier spazieren zu gehen. Ich nahm mein Handy und rief Nero an.

»Kea, was gibt's?«

»Störe ich?«

»Unser Netzwerk ist zusammengebrochen. Wir

arbeiten dran, alles wieder aufzubauen. In der Zwischenzeit gönnen wir uns einen Kaffee.«

Das Wort ›gönnen‹ klang aus Neros Mund wie eine verbale Verfehlung.

»Du kennst doch deinen Kollegen Marek Weiß«, posaunte ich und ging ins Treppenhaus. Irgendwo oben hörte ich den Oberkommissar rumoren.

»Und?«

»Er stiefelt hier mir nichts, dir nichts durch Liliana Bachmanns Haus und steckt seine Nase in jedes Zimmer und in jede Schublade.«

»Was?«

»Einen Durchsuchungsbeschluss scheint er nicht zu haben, sonst hätte er mir den bestimmt um die Ohren gehauen.«

»Wo ist Frau Bachmann?«

»In Ingolstadt bei Neta. Sie hat mich gebeten, ein paar Sachen für sie zu holen, weil sie dort übernachten wird. Wie werde ich den Parasiten am besten los, Nero?«

»Sag ihm, er soll verschwinden. Dann sieh zu, dass du selbst Leine ziehst. Ich rufe Sandra an. Sie soll ihren Kollegen zur Räson bringen.«

»Ich habe den Eindruck, er ist auf Liliana kolossal schlecht zu sprechen.«

»Mag ja sein. Ich rufe dich später wieder an.«

Klick, die Leitung war tot. Ich hätte gern erfahren, wann Nero wieder in München sein würde, aber für den Augenblick kam ich zurecht. Ich aktivierte die Handykamera und folgte Marek Weiß, der sich in dem Ex-Jugendzimmer am Notebook zu schaffen machte. Der Rechner lief, und er hackte auf der Tastatur herum.

»Kuckuck«, zwitscherte ich. Weiß fuhr herum. Ich drückte den Auslöser.

»Was soll das?«, blökte er.

»Sie haben hier nichts zu suchen«, sagte ich leise. »Machen Sie, dass Sie wegkommen. Ich weiß genau, wem ich berichten muss.«

Weiß schien nachzudenken. Er knallte das Notebook zu und kam zu mir herüber. Ich erwartete, dass er ›Petze‹ oder so etwas Pubertäres sagen würde. Aber er drängte sich an mir vorbei und verließ das Haus. Ich hörte die Tür zufallen. Ein Motor sprang an. Ich rannte die Treppe hinunter und riss die Haustür auf. Weiß war abgedampft.

Komische Nummer, dachte ich, griff nach Lilianas Koffer und warf ihn in den Alfa. Es wurde spät. Die Dämmerung senkte sich über die friedliche Siedlung, in der brave Bürger hinter den Vorhängen lauerten und Listen führten, wer wann kam und wann ging, mit wem oder ohne wen, und wer nicht mehr ging. Ich bekam Heimweh nach der Autobahn. Und nach meinem Haus am toten Ende.

30

Bianca führte Sandra in ein Vernehmungszimmer. Der Typ, der am Tisch saß, versuchte ein hochtrabendes Grinsen, wirkte aber im Großen und Ganzen ziemlich jämmerlich.

Sandra warf einen Blick auf ihre Papiere.

»Sie sind Oliver Stark«, sagte sie und sah auf, um sein unmerkliches Nicken als Bestätigung zu deuten. »Es liegt eine Anzeige gegen Sie vor. ›The Demon‹. Sagt Ihnen das was?«

Der Mann war schmal, fast knochig. Die tief eingegrabenen Falten zwischen Mundwinkeln und Kinn ließen auf eine Magenkrankheit schließen.

»Ich bin Hauptkommissarin Sandra Berlin, Soko Geisterbahn.«

»Sie haben jetzt sicher ziemlich viel Stress«, lächelte Oliver Stark.

»Sie sind einige Male durch die Geisterbahn gefahren, im Dunkeln ausgestiegen und haben sich in Gondeln gesetzt, in denen nur eine Person saß. Vorzugsweise Mädchen oder Jungen.«

Stark zuckte die Achseln. »Ich habe den Jungen nicht umgebracht. Von dem Mord redet ganz München. Auf den Gängen hier«, er schlug mit dem Arm aus, »hört man nichts anderes. Die Zeitungen schreiben Kraut und Rüben.«

Sandra wechselte einen Blick mit Bianca.

»Sie waren etwa eine Stunde, bevor der Mord passierte und die Bahn zum Stillstand kam, in ›The Demon‹ unterwegs.«

»Das sagen Sie.«

»Komm, komm, komm, wir haben Zeugen«, fuhr Bianca Heinrichs dazwischen.

»Alles erfunden.«

»Schon mal was von Videoüberwachung gehört?«, schnappte Bianca.

»Was haben Sie gesehen, als Sie sich eine Stunde vor dem Mord in der Bahn herumtrieben?«, fragte Sandra.

»Ach, so ist das?« Kleine, braune Augen blickten Sandra lauernd an. »Frau Kommissarin, Sie wollen eine Zusammenarbeit. Ich bin immer gern kooperativ.«

Sandra setzte sich dem Mann gegenüber an den Tisch. »Drücken Sie sich mal etwas klarer aus.«

»Sie wollen meine Hilfe. Ich soll Ihnen sagen, wie es da war, in der Bahn. Welche Geister ich gesehen habe. Ist es nicht so?«

Sandra sah den Schweiß durch sein schütteres Haar rinnen.

»Würden Sie bitte mal aufstehen?«

Verblüfft sah Stark sie an.

»Ja, Sie haben schon richtig verstanden. Würden Sie bitte mal aufstehen?«

Er schob umständlich den Stuhl zurück und richtete sich auf.

»Gehen Sie umher. Einfach so. Zwischen Wand und Wand.«

»Bevor Sie meckern«, schaltete sich Bianca Heinrichs ein. »Das ist keine Einschüchterung.«

Stark verzog die Lippen zu einem gequälten Lächeln und ging ein paarmal hin und her. Sehr groß war der Raum nicht. Er brauchte jeweils sechs Schritte.

»Danke, das genügt.«

Stark sank wieder auf seinen Stuhl. »Also, wie ist es, Frau Hauptkommissarin?«

»Was haben Sie gesehen?«, insistierte Sandra.

»Wo?« Stark lächelte.

Bianca Heinrichs schlug mit der Faust auf den Tisch. »Wir können Sie auch eine Weile hierbehalten.«

»So? Warum eigentlich nicht? Bei zwei so hübschen Ladys ...«

Seine Anzüglichkeit ließ in Sandra Ekel aufsteigen. »Bevor Sie mir ein Angebot machen, mache ich Ihnen eins. Aber keines zu Ihren Gunsten. Ich biete Ihnen lediglich an, die Schlinge um Ihren Hals ein wenig fester zu ziehen.«

Verständnislosigkeit machte sich auf Starks Gesicht breit.

Er war es nicht, dachte Sandra. Er ist dumm wie drei Reihen Salat. Kapiert nicht die leiseste Anspielung. Er kann kein Virus programmieren, er kann sich nicht mal ausmalen, wie er ein Kind in der Geisterbahn umbringen würde. Täter wie er lassen sich treiben, nutzen die Gunst oder die Gier einer einzigen Minute. »Sie haben sich am Tatort aufgehalten. Und zwar nicht nur verbotenerweise, sondern Sie haben sich auch noch an Minderjährige herangemacht. Drei Zeugen belasten Sie unabhängig voneinander. Sie sind vorbestraft, Herr Stark«, Sandra raschelte demonstrativ mit ihren Papieren, »und Sie scheinen keinerlei Vorstellung über den Ernst Ihrer Lage zu haben.«

Oliver Stark wurde blass. Das zudringliche Grinsen purzelte aus seinem Gesicht.

»Bianca, kommst du kurz mit raus?« Sandra hatte schon die Hand an der Tür. »Sie warten hier.«

Auf dem Gang riss Sandra das nächstbeste Fenster auf. Sonnenlicht flutete herein. Ein kühler Wind spielte mit den Bäumen in der Mailinger Straße.

»Schüttel ihn so richtig schön durch«, forderte sie Bianca auf. »Er war's nicht. Die Figur passt, aber er läuft nach vorn gebeugt. Die Gestalt, die wir auf den Bändern haben, ist drahtiger, schneller, sportlicher. Außerdem ist er zu doof.«

»Sei dir nicht zu sicher.« Bianca schob die Hände in die Taschen ihrer Motorradhosen. »Er hatte nur ein paar Meter zu gehen. Kann auch was vorgespielt haben.«

»Trotzdem.« Sandra schüttelte den Kopf. »Kein Motiv. Aber er könnte etwas mitbekommen haben. Denn der Mörder hat sich zur selben Zeit in ›The Demon‹ aufgehalten. Er ist eine knappe Stunde, bevor der Junge starb, in den Technikraum eingedrungen.«

Sie verabschiedete sich von Bianca und lief eilig den Korridor hinunter. Niemand hat ein Motiv, dachte sie. Außer Liliana Bachmann. Aber das gefällt mir nicht. Warum nur gefällt mir das nicht?

Ihr Handy klingelte. Die Nummer kam ihr bekannt vor. Dr. Klug. Sie schaltete das Telefon aus.

31

Marek Weiß prügelte seinen Golf nach Freising. Er nahm die Autobahn, raste auf der linken Spur dahin, 150, 160, überholte einen BMW und hatte gute Lust, dem anzüglich grinsenden Fahrer den Stinkefinger zu zeigen. Aber so weit kam es noch. Nein, er ließ sich nicht gehen.

Genug, dass die Kollegen, vor allem Sandra, ihn zum Kotzbrocken herabwürdigten. Der einer armen, trauernden Frau auf den Zahn fühlte. Einer musste es ja machen. Seine Chefin hatte ihn sogar dazu aufgefordert. Wobei er spürte, dass Sandra ihren Auftrag anders gemeint hatte. Als er mit der Witwe im Krankenhaus gesprochen hatte, war er sogar froh über die Anwesenheit der Geistertussi gewesen. Deren Aussage zu den Ereignissen in ›The Demon‹ hatte

er noch einmal ganz genau studiert. Nero Kellers
Geliebte! Wer sollte denn glauben, dass dieser ver-
klemmte Mensch ein solches Vollweib anzog. Marek
rekapitulierte die Vernehmung von Liliana Bachmann. Er fand schwer in Gespräche hinein. Daran
musste er etwas ändern. Sobald die Konversation
einmal lief, sah alles anders aus.

Ich übernehme gern die Rolle des Arschlochs,
dachte er. Er wollte diese Beförderung. Er wollte
sie unbedingt. Er musste sich selbst beweisen, dass
er es schaffen konnte. Dass er nach oben kam. Nicht
nach ganz oben, so ehrgeizig war er nicht. Aber auf-
trumpfen, so ein bisschen, um den Altvorderen zu
zeigen, dass er doch etwas taugte. Und dass es einer
von ihnen beim Staat zu was bringen konnte. Besser spät als nie.

Freising mochte er nicht. Den Domberg nicht, das
ganze kleinstädtische Gehabe. Nur die Nähe zum
Flughafen schien ihm günstig. Um einfach so abzuheben. Wenn man gerade Lust dazu hatte. Marek
besaß immer so viel Geld auf seinem Girokonto, dass
er sich zur Not einen spontanen Flug nach Australien
leisten konnte. Zwar unternahm er nie etwas, fuhr
nie in die Ferien, gönnte sich nichts außer ab und zu
einer Pizza beim Edelitaliener in Schwabing. Aber er
hielt sich die Möglichkeit offen. Er sammelte Urlaub
an. Um im Winter – vielleicht – länger verreisen zu
können. Und dann wegzubleiben. Mit 22 hatte er
es in Griechenland versucht. Marek fand sich heute
noch mutig. Vielleicht auch blauäugig. In Griechen-

land neu anfangen, ohne eine Ausbildung, nur mit dem Traum im Kopf, ein Café zu eröffnen. Natürlich war er baden gegangen, schneller und dramatischer, als er jemals geahnt hätte. Hohn und Spott hatten nicht lange auf sich warten lassen.

Er parkte und betrat die Apotheke, in der Liliana Bachmann gearbeitet hatte.

»Bitte schön?«, lächelte die Apothekerin ihn an. Sie hatte ein kerniges Gesicht voller Fältchen, mit tief liegenden blauen Augen. Eine ältere Ausgabe von Sandra. Genauso mütterlich, genauso dem Ehrgeiz verfallen, Gefühlsregungen so weit als möglich zu unterdrücken, um nicht aufzufallen in der männlich dominierten Gesellschaft.

»Grüß Gott. Marek Weiß vom Landeskriminalamt.«

Die Frau wurde blass, fast so weiß wie ihr Apothekerkittel.

»Keine Angst, ich wollte nur ein paar begleitende Informationen haben. Es geht um Liliana Bachmann.«

»Meine Güte, Liliana!«

»Sie hat doch hier gearbeitet?«

»Sie wird auch wieder anfangen. Stundenweise. Das arme Mädel braucht etwas zu tun! Sie kann nicht tagein, tagaus in ihrem Haus sitzen und warten, dass die Zeit vergeht.«

»Sie sind Freundinnen, oder?«

»Gute Kolleginnen. Freundinnen eher nicht.«

»Na gut, Frau ...«

»Erlau. Monika Erlau.«

»Frau Erlau, ist Liliana Bachmann nicht schon zu alt für einen Job in der Apotheke?«

»Junger Mann!« Sie lachte auf, als wüsste sie nicht, ob sie Mareks Einlassung mit Humor oder Empörung quittieren sollte. »Vergreifen Sie sich mal nicht im Ton. Sie ist eine hervorragende Apothekerin, kann wunderbar beraten, die Kunden mögen sie. Sie ist 66, nennen Sie das zu alt? Wissen Sie, wie alt die Leute heutzutage werden?«

»Erzählen Sie mir von Frau Bachmann.«

Monika Erlau wies auf eine Sitzgruppe neben einem Aquarium, in dem ein paar Goldfische patrouillierten. »Setzen wir uns. Heute ist ohnehin wenig los. Das Wetter ist zu schön, da geht das Geschäft in einer Apotheke schlecht.«

Marek ließ sich in einen Ledersessel sinken.

»Liliana ist zuverlässig. Hat bei mir seit mehr als 20 Jahren gearbeitet. Als ihr Sohn zur Welt kam, blieb sie einige Jahre zu Hause, aber sobald er in die erste Klasse ging, kam sie wieder. Johannes wäre nun 26.« Monika Erlau blinzelte. »Als er starb, hörte sie auf zu arbeiten. Sie kam nur noch zur Pilzsprechstunde, im Herbst. Pilze sind ihr Steckenpferd. Jetzt hätte sie alle Hände voll zu tun, sobald die Schleckermäuler bei mir hereinschneien und ihre Schwammerl zeigen. Montags geht es rund, das kann ich Ihnen flüstern. Pilzberatung bei Liliana ist eine Institution.«

»Sie sind also sicher, dass Liliana hier wieder arbeiten wird?«

»Aber natürlich. Seien Sie nicht so kleinlich, Herr Weiß. Sie wird nicht Vollzeit arbeiten und einer jungen Apothekerin den Job wegnehmen. Aber ein paar Stunden in der Woche sollten drin sein!«

Marek musste grinsen. Er fand es albern, wie eifrig die Frau ihre Meinung verteidigte.

»Liliana braucht etwas Sinnvolles zu tun, heute mehr als früher, als ihr Mann noch lebte. Sie muss sich ablenken, unter die Leute gehen, sehen, dass sie noch etwas schafft. Sie braucht eine Struktur für den Tag, sonst wird sie ganz verrückt. Mit all diesen grässlichen Dingen, die in ihrem Leben geschehen sind, all den Verlusten! Wer soll so etwas aushalten? Dazu benötigt man innere Kraft und einen starken Glauben.«

Marek kritzelte auf seinem Notizblock herum. Alle nahmen diese Liliana Bachmann in Schutz, hielten sie für ein Opfer, bewunderten sie für ihre Tapferkeit. Unterstellten Gutherzigkeit und Freundlichkeit. Das machte ihn stutzig.

»Ich hoffe wirklich sehr, dass sie wieder hier arbeiten wird«, betonte die Apothekerin. »Mit Liliana in der Nähe fühlt man sich sicher. Gut aufgehoben. Ich bin auch nicht mehr die Jüngste, und mit all der Verantwortung in einer Apotheke … Die jungen Dinger, die sich heutzutage bewerben, wirft jeder Windhauch um. Kein Winter vergeht, ohne dass sie sämtliche Infekte auflesen, die uns ins Haus getragen werden. Da muss nur mal ein Kunde unleidlich sein, schon brechen die Mädchen in Tränen aus.«

»Stellen Sie nur Frauen ein?«

»Wie kommen Sie darauf?«

»Es hörte sich so an.«

»Ach!« Monika Erlau machte eine ungeduldige Handbewegung. »Männer sind solche Memmen! Wirklich, mit Liliana, das war ein ganz anderes Arbeiten. Sie macht alles ruhig, besonnen, hat jeden Handgriff viele Male eingeübt. Sogar mit dem Computerkram ist sie auf Du und Du. Nimmt inzwischen an einem Computerkurs an der Volkshochschule teil.«

»Finanziell …«, setzte Marek an, während er ›Computerkurs‹ auf seinen Block schrieb.

Monika Erlau fuhr ihren rechten Zeigefinger aus und tippte auf Mareks Unterarm. »Nein, Herr Kommissar, finanziell hat sie das nicht nötig. Ihr Mann hat zwar die Hälfte seines Vermögens, auch die Hälfte vom Haus seinem Sohn hinterlassen. Dem Bastard.«

Marek schluckte.

»Aber Liliana hat ihr Leben lang selbst Geld verdient.«

»Der uneheliche Sohn …«

»Genau, der erbt die Hälfte. Wie das eben so ist. Liliana regelt alles über einen Anwalt.«

»Was gibt es da zu regeln?«

»Sie hat angedeutet, dass sie das Haus verkaufen will. Es ist ohnehin zu groß für sie. Mit dem Garten hat sie auch eine Heidenarbeit. Nein, es ist sicher besser, sich davon zu trennen. Obwohl Erinnerungen dranhängen.«

»Wozu braucht sie einen Anwalt? Will sie das Testament anfechten?«

»Na, so streitsüchtig ist Liliana nicht«, versetzte die Apothekerin und kramte in den Taschen ihres Kittels herum. »Sie hat nur keine Kraft für all die juristischen Dinge, die ins Haus stehen. Möchten Sie einen Eukalyptusbonbon?«

Marek kam sich vor wie früher als Kind, wenn er mit seiner Mutter zum Einkaufen gegangen war. In der Metzgerei hatten die Verkäuferinnen gefragt: ›Mag der Kleine ein Stück Wurst?‹

Marek schüttelte den Kopf.

»Sie hat einen Schätzer bestellt«, fuhr Monika Erlau fort. »Der wird das Haus, das Grundstück und so weiter schätzen, dann kann sie verkaufen und den Jungen auszahlen. Der Anwalt soll das für sie regeln. Nein, sie hat nicht die Absicht zu streiten.«

»Das muss schwer für sie sein. Der Sohn ihres Mannes erinnert sie doch ständig daran, dass er sie betrogen hat.«

»Es ist schwer«, betonte Monika Erlau. »Aber Liliana kann akzeptieren, dass ihr Mann dieses Kind liebte. Von Herzen liebte. Wenn ihr Johannes nicht gestorben wäre – vielleicht hätte sie dann über ihren Schatten springen und das Kind akzeptieren können. Aber ihr Sohn ist tot und Berts Sohn lebt. Dieser Zwiespalt hat sie beinahe umgebracht.«

»Kennen Sie Neta Kasimir?«

»Vom Hörensagen. Sie greift Liliana ab und zu unter die Arme, nicht wahr?«

»Vielleicht möchte die hilfsbereite Dame an Frau Bachmanns Vermögen herankommen.« Marek dachte an das Einfamilienhaus in einem Stadtteil, wie er ihn vor seinem 12. Geburtstag nie betreten hatte.

»Schwer vorstellbar. Liliana lässt sich nicht ausbeuten«, wehrte Monika Erlau ab.

Marek Weiß stand auf. »Danke. Vielleicht hören Sie noch mal von mir.«

»Warten Sie. Mögen Sie Rachendrachen? Bald kommt die Erkältungszeit.« Monika Erlau sprang auf und angelte eine Tüte von der Theke. »Die werden immer gern genommen.«

Verdutzt streckte Marek die Hand aus. Es war ein Reflex. Er konnte nichts dagegen tun.

32

Kommissaranwärterin Ute Timmer liebte alle Aufgaben, die sie aus dem Büro ins wirkliche Leben führten. Papiere von einer Seite des Schreibtisches zur anderen zu schaufeln, war nicht ihre Sache.

Sie stand vor dem Haus, in dem Neta Kasimir wohnte. Türkenfeld am Freitagabend. Nichts los. Sie fragte ein paar Nachbarn. Keiner wollte etwas gesehen haben. Einige behaupteten, Neta gar nicht zu kennen. Das machte Ute stutzig. Als sei Neta so unscheinbar, dass man sie nicht wahrnahm. Durchsichtig beinahe, überlegte Ute. Endlich konnte ihr jemand zeigen, wo Neta üblicherweise ihren Twingo parkte. Obwohl die Seitenstraße abseits lag, fuhren in kurzen Abständen Autos durch. Ute hielt jeden Spaziergänger auf. Kommen Sie hier regelmäßig entlang? Ist Ihnen etwas aufgefallen? Trieb sich einmal jemand herum, den Sie noch nie gesehen haben? Kennen Sie Neta Kasimir? Bekommt sie oft Besuch? Von welchen Leuten? Was läuft so in Türkenfeld? Gibt es öfter Beschwerden wegen beschädigter Autos?

Als Ute Timmer zurück nach München fuhr, war ihr klar: Wenn jemand hier an diesem Ort die Bremsen des Twingo manipuliert hatte, musste er schnell, zielsicher und damit verdammt professionell vorgegangen sein.

Tag 4

33

»Er hat was?«, ächzte ich.

Nero und ich saßen im Café am Wiener Platz und frühstückten. So richtig gemütlich, mit dampfenden Croissants und Schalen voller Milchkaffee, die man in Frankreich ›bols‹ nannte. Da wurde ich sogar meiner sonstigen Überzeugung abtrünnig, dass nur schwarzer Kaffee der einzig wahre war.

Ich mochte Haidhausen, und Nero tat mir den seltenen Gefallen, mit der Tram am Samstag hierher zu fahren. Anlass waren die Vorbereitungen für sein Seminar in Passau. Anscheinend hatte er alles im Kasten, was er brauchte. Er war gelöst, richtig fröhlich. Vielleicht lag es auch daran, dass ich bei ihm übernachtet hatte, nachdem er gestern Abend in München eingelaufen war. Wir hatten beim Chinesen gegessen, anschließend irgendwo in Schwabing einen Absacker genossen und uns schließlich in seiner Wohnung vergnügt. Erst Sex, dann Fernsehen, dann noch mal Sex, dann Whisky Sour und schließlich der Schlaf der Gerechten.

»Das ist nicht dein Ernst«, fuhr ich fort und winkte dem Kellner. »Auf den Schock brauche ich noch mehr Koffein.«

Überhaupt sah ich heute ziemlich verschwollen aus. Diese ausufernden Nächte waren nichts mehr für mich.

»Weiß hat einen richterlichen Beschluss, Liliana Bachmanns Haus auf den Kopf zu stellen. Dringender Tatverdacht.«

»Das ist krank.« Ich rührte wie besessen in den Resten von Milchschaum am Boden meiner Tasse. »Absolut krank.« Ich saß mit dem Rücken zum Fenster, um den wolkenverhangenen Himmel nicht sehen zu müssen.

»Sandra ist auch nicht überzeugt, aber sie kriegt Druck von oben. Häng es nicht an die große Glocke, Kea, aber ein Abteilungsleiter aus dem Innenministerium piesackt sie mit Anrufen. Das Oktoberfest steht wegen dieser Terrordrohung sowieso schon in den Schlagzeilen. Die haben einfach Angst, dass ihnen die Besucher wegbrechen.«

»Also braucht es eine Schaufensterpuppe, der man das Schild ›Mörder‹ um den Hals hängen kann«, sagte ich. »Mannomann. Stell dir vor: Liliana lauert täglich auf der Wiesn, um wahllos Leute umzubringen.«

»Weiß hat rausgekriegt, dass sie einen Computerkurs besucht. An der VHS.«

»Und da programmieren sie Viren und lernen, wie man Geisterbahnen außer Gefecht setzt.« Ich nahm dankend meinen Kaffeenachschub entgegen. »Der Richter, der den Beschluss unterschrieben hat, hat wohl auch einen Anruf vom Abteilungsleiter bekommen.«

Nero sah mich unglücklich an.

»Ich sage dir was«, machte ich weiter. »Diese Terrorwarnung ist eine Farce. Die durchleuchten jede Handtasche, aber auf dem Oktoberfest wird nichts passieren. Nichts. Denn während die bayerische Polizei mit der Wiesn beschäftigt ist, kümmern sich die wirklich Bösen um andere Geschäfte. Ist dir aufgefallen, wie viele Menschen in Deutschland bisher durch Terroranschläge gestorben sind? Vergleiche die Zahl mal mit den jährlichen Verkehrstoten. Bloß kommt niemand auf die Idee, Autos zu verbieten.«

»Das wäre für dich ja auch eine Katastrophe«, neckte Nero.

»Habe ich recht oder nicht?« Anklagend hob ich den Zeigefinger. »Mir ist schon bewusst, dass deine lieben Kollegen keine Ahnung haben, wo sie suchen sollen. Wenn die Tatortspuren nichts hergeben, niemand ein Motiv hat und auch niemand in Sicht ist, der mit der Tatwaffe, in diesem Fall einem Virus, umgehen kann ...«

Nero lächelte. »Ich muss dich bewundern, Kea. Als Ermittlerin würdest du keine schlechte Figur machen.« Er senkte den Kopf und sah mich aus seinen torfbraunen Augen an. »Du machst übrigens immer eine gute Figur.«

»Diesen Weiß hätte ich längst rechts überholt. Was passiert jetzt mit Liliana?«

»Unsere Leute röntgen ihren Rechner.«

»Da werden sie nichts finden. Und dann?«

»In der Pressestelle sind ein paar Anrufe eingegangen, dass es jemand auf unser Team abgesehen hat. Diese Behauptung geistert schon seit der ersten Stunde unserer Ermittlungen durchs Haus.«

»Und euer Chef fällt drauf rein.«

»Das ungelöste Rätsel ist doch, wer den Jungen im Visier hat«, gab Nero mir Nachhilfe.

»Der Knackpunkt«, ich schlürfte genussvoll Kaffee durch den Milchschaum, »ist folgender: Jemand hat es auf Neta abgesehen. Bemerkt das eigentlich keiner?«

Nero sah mich an. »Wie war das noch mal ... Neta wäre eigentlich in der Bahn gewesen, aber ...«

»Sie hopste raus, kurz bevor die Gondel startete. Ihr Handy hätte geklingelt, der Anruf wäre wichtig gewesen, ein Kunde, sie hätte darauf gewartet. Ich sehe jetzt noch Lilianas entsetztes Gesicht vor mir. Sie hatte sichtlich keinen Spaß daran, allein die Reise ins Herz des Dämonen anzutreten.«

»Die Reise ins Herz des Dämonen«, spöttelte Nero. »Das klingt wie ein Fantasy-Film.«

»Drehbücher schreiben, das wär's.«

»Dabei könntest du deiner Fantasie endlich freien Lauf lassen.« Nero wischte mit dem Zeigefinger über meine Nase. »Hast da Milchschaum.«

Ich warf ihm ein Küsschen zu und angelte mir ein frisches Croissant. Frankreich. Ein eigenes Gut in der Provence, Drehbücher schreiben, eines pro Jahr, und damit richtig Kohle machen. Das war so ein Traum. So viel Geld zu verdienen, dass Nero dem LKA, den Kriminellen, dem Internet und seinem dämlichen Chef Adiós sagen konnte.

»Pass auf, Schnullerbacke«, nahm ich ihn ran. »Gehen wir mal davon aus, der Anschlag in der Geisterbahn hat nicht dem Jungen gegolten. Sondern Neta. Kann doch sein. Dann hätte Liliana kein Motiv mehr. Im Gegenteil, sie wäre die Geschädigte. Meinst du, das geht in das Spatzenhirn deines Kollegen?«

Neros Handy klingelte. Ich fluchte. Keine 24 Stunden konnten wir ohne seinen Job verbringen.

»Sandra? Hallo. Nein, ich … Was?«

Ich sah ihm in die Augen. Seine wunderschönen torfbraunen Augen. Meine Fresse, was war ich in ihn verliebt. Trotz all der Misstöne, die sich von Zeit zu Zeit einschlichen.

»Das war Sandra«, sagte Nero. »Sie haben das Virus auf Lilianas Notebook sichergestellt.«

34

Marek konnte ranklotzen, wenn es sein musste. Wochenende oder nicht. Er konnte Kopfschmerzen ignorieren, vereiterte Zahnwurzeln, Müdigkeit. Er wollte diesen Fall voranbringen, und dass Wolfgang Bachmann ihm beinahe von selbst vor die Füße gelaufen war, hob seine Laune. Denn in Kürze hätte er Liliana Bachmann vor sich. Er konnte jede Information brauchen.

Wolfgang Bachmann war ein schmaler Mann mit Goldrandbrille und eisgrauem Bürstenschnitt, der intellektuell wirkte, gediegen und – smart. Marek betrachtete den 70-Jährigen, der ihm am Schreibtisch gegenübersaß, und versuchte, seinen Kontostand zu schätzen.

»Mein Interesse besteht darin herauszufinden, wer meinem Neffen das angetan hat.« Bachmann lehnte sich zurück. »Deswegen habe ich mir erlaubt, bei Ihnen anzurufen.«

»Sie waren Direktor eines Mädchengymnasiums in Augsburg?«, fragte Marek und sah von seinen Papieren auf.

»Exakt. Seit meiner Pensionierung vor fünf Jahren lebe ich in München. Ich habe keine eigenen Kinder. Marius bedeutete mir schon etwas.«

»Sie wussten seit seiner Geburt von Ihrem Neffen?«

»Bert weihte mich unverzüglich ein. Er wollte seine Frau verschonen und suchte meinen Rat.«

»Wie sah der Rat aus?«

»Ist das wichtig?«

»Wir müssen nach und nach eingrenzen, wer ein Motiv hat. Dabei hilft uns jedes Detail.« Marek fand, dass er sich ziemlich professionell anhörte. Dr. Klug wäre sicher beeindruckt. Obwohl er von Details nichts hielt.

»Nun, Bert vermutete natürlich zu Recht, dass seine Frau sehr verletzt sein würde, wenn sie von dem Seitensprung erfuhr. Also verheimlichte er ihr alles: die Affäre und das Kind. Ich riet ihm, seinen Arbeitgeber zu bitten, für die Alimente ein eigenes Konto einzurichten, sodass Liliana nichts mitbekam.«

»Hatten Sie regelmäßigen Kontakt zu Marius?«

»Zu seinen Geburtstagen. Wenn Bert mit seinem Sohn ein Wochenende irgendwo außerhalb verbrachte, stieß ich bisweilen hinzu.«

»Hatten Sie ein gutes Verhältnis zu Ihrem Bruder?«

»Eine Weile haben wir wenig miteinander zu tun gehabt. Jeder ging in seinem Beruf auf. Aber durch Marius näherten wir uns einander wieder an.«

»Kennen Sie Astrid Nedopil?«

»Er stellte mich ihr vor. Ich fand sie sehr sympathisch.«

Das sagt so gut wie nichts, dachte Marek, und fragte: »Und Liliana Bachmann? Wie stehen Sie zu ihr?«

»Herr Weiß, wissen Sie, ich habe wenig Bezug zu Frauen. Ich habe nie geheiratet. Liliana ist eine freundliche Dame, aber auch sehr bestimmend. Sie und Bert haben jung geheiratet und dann lange kein Kind bekommen. Als Johannes auf der Welt war, gab Liliana immer noch keine Ruhe. Setzte Bert unter Druck, weil sie weitere Kinder wollte. Diese Welt ist mir fremd.«

Marek war hin- und hergerissen zwischen

Abneigung und Bewunderung für diesen Mann vor ihm, der so unterkühlt und klar seine Überzeugungen vortrug. Aber die Glätte in seinem Gehabe störte ihn. Marek mochte es nicht, wenn ihn während einer Befragung widerstreitende Eindrücke plagten.

»Wer könnte es auf Marius Nedopil abgesehen haben? Ihre Meinung?«

Bachmann schürzte die Lippen, schwieg jedoch einige Sekunden, bis er sagte: »Niemand kann sich so etwas ausmalen. Haben Sie mal in der Schule herumgefragt, bei den Klassenkameraden? Mobbing ist da ja an der Tagesordnung. Die Kinder quälen sich nach Strich und Faden. Vielleicht ein Dummerjungenstreich?«

Er ist weltfremd, dachte Marek. Total weltfremd. Die Statur unseres Täters könnte zwar für einen Jugendlichen sprechen, aber zu solchen akribischen Vorbereitungen ist kein 14-Jähriger fähig.

»Hat sich Liliana Bachmann Ihrer Auffassung nach mit dem Kind ihres Mannes abgefunden?«, fragte er.

»Nein. Nie.« Bachmann schüttelte energisch den Kopf. »Liliana hat sich extrem zusammengerissen, um nach außen nicht zu zeigen, wie es in ihr aussieht. Das sagte Bert mir immer. Aber er wusste sehr genau, wie tief sie verletzt war. Sie stellte eine klare Bedingung: Der Junge kam ihr nicht ins Haus. Bert war das ganz recht. Er wollte mit seinem Sohn Zeit verbringen, ohne sich angeklagt zu fühlen. Und Liliana kann ihre Vorwürfe sehr effektvoll vortragen. Sie schwingen quasi im Raum, ohne je deutlich ausgesprochen zu werden. Eine Grausamkeit.«

»Hätte Ihr Bruder seiner Frau schneller reinen Wein einschenken müssen?«

»Ehrlich währt am längsten, wie man sagt«, nickte Wolfgang Bachmann. »Doch Bert hoffte einfach, irgendwie unentdeckt durchzukommen.«

»Außer Ihnen und Ihrem Cousin – gibt es noch andere Familienmitglieder?«

»André ist in den USA. Weder Bert noch ich hatten je viel Kontakt zu ihm. Und Marius, der letzte und jüngste Familienangehörige, ist tot.«

35

Liliana zitterte innerlich so sehr, dass sie kaum zu sprechen wagte. Die Polizisten würden es als Schuldeingeständnis werten, als schlechtes Gewissen. Sie versuchte, sich auf dem Stuhl im Vernehmungszimmer bequemer zu setzen. Die Ischiasschmerzen meldeten sich. Das lag am Stress. Da war die Angst um Neta und dann das Auftauchen dieser beiden Kommissare. Eine Frau und dieser abscheuliche Marek Weiß standen vor ihr und baten sie höflich, mit ihnen zu kommen.

»Wir haben auf Ihrem Laptop ein Virus gefunden. Dasselbe Virus, das in ›The Demon‹ zum Einsatz kam, um die Effekte der Bahn zu manipulieren«, legte Weiß los.

Liliana versuchte, seinem Blick standzuhalten, aber es gelang ihr nicht. Sie starrte auf die Schlangentätowierung an seinem Handgelenk.

»Ich weiß nicht, was Sie meinen.«

»Auf Ihrem Notebook zu Hause, da war ein Computerprogramm, das wir Virus nennen.«

»Ich weiß, was ein Computervirus ist«, sagte Liliana. Hilfesuchend sah sie zu Sandra Berlin, die ihr um einiges entgegenkommender erschien als ihr Kollege. »Wie kommen Sie überhaupt an meinen Computer?« Ihr ging durch den Kopf, was allenthalben in den Medien diskutiert wurde: Online-Durchsuchungen und allerlei andere Kontrollen. Vielleicht wurde das schon gemacht.

»Uns lag ein richterlicher Beschluss vor.« Marek Weiß hob ein Bündel loser Blätter hoch. »Sie besuchen einen Computerkurs?«

»Ja«, hauchte Liliana. »Im letzten Sommersemester habe ich an einem teilgenommen.« Wenn es nur Neta besser ginge. Wenn sie nur bei Neta sein durfte. Sie war bereit, alles zu antworten, was dieser Kommissar hören wollte, nur um bei Neta zu sein. In der letzten Nacht hatte das arme Mädchen Schmerzen gelitten. Die Operationswunde brannte und Neta weinte viel. Wenn Liliana ihre Hand hielt, ging es ihr besser.

»Schildern Sie uns, was Sie dort lernten«, schlug Weiß vor.

»Es ging um Tabellenkalkulation. Im vergangenen Winter besuchte ich einen Kurs in Textverarbeitung. Aber dann wurde mein Mann krank und ich musste den Kurs abbrechen.« Sie leckte sich über die trockenen Lippen. Die Rückenschmerzen wurden fast unerträglich. »Für die Apotheke ist das Excel-Programm sowieso nützlicher. Aber ich weiß nicht, ob Sie das verstehen: Ich ging zum Unterricht, um rauszukommen. Es ist schrecklich, immerfort allein zu sein.«

»Warum halten Sie keinen Kontakt zum Sohn Ihres Mannes?«

Liliana stutzte. »Er ist nicht mein Sohn.« Ihre Stimme schwamm, tonlos, leer. Sie räusperte sich.

»Und wie hat Ihr Mann das gestaltet? Sein Leben mit seinem Sohn?«

»Er besuchte den Jungen bei dessen Mutter. Oder sie fuhren am Wochenende zusammen weg.«

»Ein ganzes Wochenende?«

»Jedes zweite.« Ihre Stimme trug kaum noch. Sie verklang in diesem kleinen, engen, stickigen Raum. Liliana bekam Platzangst.

»Hat Sie das nicht geärgert? Dass Sie jedes zweite Wochenende allein zubringen mussten?«, erkundigte sich Marek Weiß.

Wie sie dieses unverbindliche Lächeln hasste! Er tat höflich, aber in seinem Benehmen lag eine Kälte, die ihr bis in die Knochen fuhr.

»Ich habe mir ausbedungen, dass er den Jungen nicht bei uns zu Hause unterbringt. Ansonsten war das o. k.« Es war nicht o. k. Liliana atmete hastig. Nicht o. k., nicht o. k. Sie hatte es gehasst. Es hatte ihr eine unsägliche Pein bereitet, Bert mit dem kleinen Marius zu wissen und nicht mit Johannes. Ihrem gemeinsamen Sohn. Ihrem Sohn.

»Von wegen.« Marek Weiß rieb sich die Augen. »Er war nicht o. k. Sie haben es Ihren Mann doch spüren lassen, dass er eine Affäre hatte und einen Sohn mit einer anderen Frau!«

Sag nichts, dachte Liliana. Er will dich aus der Reserve locken. Er kennt die Tricks. Aber du bist ihm ein paar Jahre an Lebenserfahrung voraus. Sag nichts.

»Warum haben Sie sich nicht von Ihrem Mann getrennt, als Sie von der Affäre erfuhren? Und von dem Kind?«

»Ich bin für zwei Monate zu einer Freundin gezogen«, sagte Liliana. »Aber ich vermisste ihn. Wir waren so lange verheiratet, sind durch dick und dünn gegangen. Ich wollte nicht ohne ihn leben.«

»Sie haben hingenommen, dass er eine andere hatte? Eine Frau, die ihn nach wie vor bei sich empfing?« Marek Weiß legte beide Hände auf den Tisch und betrachtete seine Finger. »Wir haben Astrid Nedopil gefragt. Ihr Mann hatte einen Schlüssel zu ihrem Haus. Bis zu seinem Tod. Er konnte kommen, wann immer es ihm passte. Haben Sie sich einmal gefragt, wie Astrid Nedopil, eine einfache Sekretärin, die wegen ihres Sohnes nur einen Halbtagsjob hat, ein Haus halten kann?«

»Weil Bert es ihr finanzierte«, antwortete Liliana. Das war leicht zuzugeben. Mit Geld hatte sie keine Probleme. Ihr hatte finanziell nie etwas gefehlt. Geld spielte überhaupt keine Rolle in ihrem Leben. Stets war genug da gewesen, um ihre Bedürfnisse zu erfüllen. Aus den Augenwinkeln sah Liliana, wie Sandra Berlin, die bislang kein Wort zur Vernehmung beigetragen hatte, sich an den Heizkörper am Fenster lehnte. Konnte die Frau nichts sagen? Würde sie sie nicht eher verstehen? Sie kämpfte seit Monaten mit diesen Gefühlen. Sie hatte den einzigen Mann verloren, den sie je geliebt hatte. Und er hatte sie hintergangen. Auf so hinterhältige Weise. Über Jahre.

»Haben Sie Kinder?«, fragte Liliana und sah Marek Weiß an.

»Nein.«

»Wenn man gemeinsame Kinder hat, verbindet es einen.« Sie dachte nach. »Unser Johannes hat Bert und mich verbunden, und der kleine Marius Bert und … Frau Nedopil.« Es war schwer, den Namen auszusprechen, aber Liliana tat es. »Doch wenn ein Kind stirbt, so wie mein Sohn, dann wird das Band noch fester.«

»Oder es reißt«, schlug Marek Weiß in unverbindlichem Ton vor.

»Ich habe dem kleinen Marius nichts Böses gewünscht. Ich liebe Kinder. Ich hätte gern noch mehr Kinder gehabt. Aber es sollte nicht sein.

Manchmal ist die Natur grausam.« Wie die Worte schmerzten! Sie schwieg. Über Fehlgeburten wollte sie mit dem Kommissar nicht sprechen. Vier Fehlgeburten. Wie sehr hatte sie sich ein weiteres Kind gewünscht. Eine Tochter. Als Johannes vier Jahre alt war, hatte er sie angebettelt, ihm ein Geschwisterchen zu schenken. Aber das Geschenk war ausgeblieben. Und jetzt hatte sie Neta. Ich will zu Neta!

»Sie konnten nicht ertragen, dass Astrid Nedopil ein Kind hatte und Sie nicht. Sie haben ein Motiv für den Mord an Marius. Und das Virus befindet sich auf Ihrem Computer.«

»Komm mal kurz mit raus, Marek«, sagte Sandra Berlin. Und an Liliana gewandt: »Wir sind gleich wieder bei Ihnen.«

Liliana sah den beiden nach.

»Bitte«, flüsterte sie, weil ihre Stimme nicht mehr wollte. »Ich möchte zu Neta.« Sie räusperte sich heftig, die Hand an der Kehle, und sagte: »Und meinen Anwalt anrufen.« Das würde das einzig Richtige sein. Gott sei Dank war ihr das Nächstliegende endlich in den Sinn gekommen.

Auf dem Gang hielt Sandra Marek am Ellenbogen fest. »Oliver Stark, der sich zwei Stunden vor der Tat in ›The Demon‹ herumgetrieben hat, besteht darauf, dort jemanden gesehen zu haben, der zu unserer Videoaufzeichnung passt. Und er schwört Stein und Bein, dass es eine Frau gewesen ist.«

36

Neta war ganz aufgeregt.

»Bitte, Frau Laverde. Tun Sie mir diesen Gefallen!« Ihre Stimme klang entschlossen. Der Mut der Verzweiflung, dachte ich. Ich saß in Neros Wohnzimmer und sah fern. Keine Sendung, die mich interessiert hätte. Ich wusste nur nichts Besseres mit mir anzufangen, nachdem Nero sich an seinem Rechner mit der Vorbereitung des Passauer Seminars beschäftigte. Er wollte sicherheitshalber alles ein weiteres Mal durchgehen. Der Mann würde sich noch mal kaputtarbeiten. Platt wie eine Flunder würde er sein. Ungläubig presste ich mein Handy ans Ohr und stellte den TV-Ton ab.

»Sie haben Liliana hier im Klinikum abgeholt. Angeblich hätten sie Beweise, dass Liliana den Jungen umgebracht hat.«

»Das ist absurd und wird sich früher oder später als unhaltbar herausstellen«, sagte ich. Aber dann gab ich nach und störte Nero bei seiner sakrosankten Beschäftigung.

»Was soll ich?«, fragte er und sah mich verwirrt an. Sein braunes Haar stand strubbelig in alle Richtungen. Er brauchte einen neuen Haarschnitt.

»Deine Kollegen anrufen.« Ich erzählte, was ich von Neta gehört hatte. »Tu was! Neta ist fix und fertig. Liliana genauso. Bitte!«

Nero legte den Kopf schief. »So unterwürfig kenne ich dich gar nicht.«

Ich verdrehte die Augen. Er rief Sandra Berlin an. Zwei Minuten später erstattete er Bericht: »Du kannst runterschalten. Frau Bachmann hat ihren Anwalt benachrichtigt, und in weniger als einer Stunde kann sie nach Hause gehen.«

Ich rief Neta an, um ihr die Nachricht zu überbringen.

»Danke, Frau Laverde.«

»Keine Ursache.« Ich warf einen Seitenblick auf Nero, der sich schon wieder durch seine Windows-Ordner klickte. »Aber wissen Sie, wie ich Ihnen einen Gefallen tun kann? Ich hole Liliana ab und fahre sie nach Ingolstadt.«

Ich hatte ohnehin nichts Besseres zu tun.

37

Liliana umklammerte ihre Handtasche. Sie wirkte völlig verstört. Ein älterer Herr mit kahlem Kopf half ihr in meinen Spider.

»Passen Sie auf sich auf, Frau Bachmann. Die Vorwürfe sind in Nullkommanix bereinigt, machen Sie sich keine Sorgen.«

»Ich habe einen Schätzer fürs Haus bestellt«, sagte Liliana. »Ich will dort nicht bleiben. Ich verkaufe und zahle die Nedopil aus.«

Der Anwalt nickte. »Lassen Sie Haus und Grundstück schätzen und dann sprechen wir darüber, wie wir weiter verfahren.« Er winkte mir zu. »Bringen Sie sie gut nach Hause. Ich verlasse mich auf Sie.«

Ich legte die Hand an eine imaginäre Mütze. Der Mann wirkte eher wie ein guter Onkel als wie ein Anwalt, der vor Gericht für die Rechte seiner Mandanten kämpfte.

»Wiedersehen. Und wegen Netas Unfall ...«

»Ich kümmere mich drum, Frau Bachmann.« Er führte ihre Hand an seine Lippen, deutete einen Kuss an, lächelte und schloss behutsam die Beifahrertür.

Ich fuhr los. »Donnerwetter. Ganz alte Schule, Ihr Anwalt.«

»Ich möchte nicht nach Hause. Ich will zu Neta.«

»Kein Problem.« Ich wollte hinzufügen, dass ich nach wie vor jede Chance beim Schopf ergriff, sinnvolle Fahrten mit dem Spider zu unternehmen, zumal das Wetter wieder besser geworden war, ließ es dann aber bleiben. Es wäre selbst mir geschmacklos vorgekommen.

38

»Kompletter Irrsinn!« Sandra schlug mit der Hand
auf den Papierstapel in ihrem Arm, während sie den
Korridor entlanghastete, Marek Weiß im Schlepptau.
»Die Bachmann ist dazu nicht imstande.« Computerkurs an der VHS, du meine Güte, dachte sie und
riss ihre Bürotür auf. Da lernen sie seit Neuestem,
wie man hochtechnisierte Geisterbahnen zerlegt.

»Sie ist die Einzige, die ein Motiv hat«, verteidigte sich Marek.

»Dafür haben wir jetzt ihren Anwalt am Hals.
Zusätzlich zu Dr. Klug. Apropos Motiv: Vielleicht
hätte sie ein Motiv gehabt, ihren Mann oder seine
Geliebte umzubringen. Aber nicht das Kind. So ist
die nicht gestrickt.«

»Ich wollte dir nur helfen, diesen Dr. Klug loszuwerden.« Marek sah beleidigt weg. »Du selbst hast
mich auf sie angesetzt.«

Seine Weinerlichkeit ging Sandra auf den Geist.
Es war ein offenes Geheimnis, dass Marek zu
seiner eigenen Mutter nie ein wirkliches Verhältnis gefunden hatte. Manchmal rief sie in der Dienst-
stelle an und machte ihren Sohn wegen Kleinigkeiten meschugge. Liliana Bachmann führte ihm
vor, wie eine Mutter sein konnte, und das ver-
kraftete er nicht. »Ich fahre zur Nedopil. Wird Zeit,

dass wir der Dame auf den Zahn fühlen. Kommst du mit?«

»Zur Nedopil?«

Sandra ließ sich auf ihren Schreibtischstuhl sinken.

»Eben. Die Nedopil. Nehmen wir uns noch einmal das Opfer vor. Wir ziehen alle Register. Müssen die Kinder noch einmal befragen, die mit Marius in ›The Demon‹ waren und die Mutter des Jungen, die die Bande begleitet hat. Viel zu tun für einen Samstag, ich weiß.«

»Vielleicht sollten wir die Fälle der letzten Monate noch mal durchschauen. Drohungen gegen das Oktoberfest, Virustäter, Anschläge auf Geisterbahnen.«

»Wozu haben wir junge Vollzeitkräfte, die man auf die Datenbanken hetzen kann!«, rief Sandra entnervt. »Da qualmen schon die Köpfe!«

Sie sah auf, als Markus Freiflug zur Tür hereinrauschte. Er stellte einen Laptop auf Sandras mit Unterlagen übersäten Tisch.

»Du kommst gerade recht«, sagte sie. »Wie ist das Virus auf Liliana Bachmanns Rechner gelangt?«

»Das habe ich eben herausgefunden. Schlicht und ergreifend online.«

»Erklär's mir!«

Marek Weiß verschränkte die Arme und starrte Freiflug missmutig an.

»Das Virus entfaltete sich nach alter Hacker Sitte in dem Moment auf Lilianas Rechner, als sie eine Mail anklickte. Ein Pop-up-Fenster mit irgendeiner absurden Werbung schoss auf. Nun konnte Liliana Bachmann tun, was sie wollte: Alles war falsch.«

»Wieso?« Sandra schaufelte Aktendeckel und Notizzettel beiseite, um Freiflug Platz zu schaffen.

»Ob sie die Werbung anklickte, um zu einer angeblichen Promotion-Webseite für Zahnersatz weitergeleitet zu werden, oder oben rechts auf das weiße X in rotem Grund klickte – beides aktivierte die Malware. Das Virus richtete auf ihrer Festplatte einen Ordner ein und kopierte die schlechten Daten hinein. Denkt dran, Pop-ups immer mit Alt F4 zu schließen.«

»Kannst du das nachweisen?«, fragte Marek Weiß.

»Keck, junger Kollege.« Freiflug sah verletzt drein. »Rechner merken sich alles. Du kannst versuchen, sie zu betrügen, sie zu hintergehen oder sie auszubremsen. Doch alles Tricksen hilft nichts. Es ist nur eine Frage der Zeit, bis sie dir verraten, was du wissen willst. Ich habe rausgekriegt, wie und wann das Virus auf dem Rechner landete. Am Tag nach dem Anschlag in ›The Demon‹. Am Donnerstag.«

Knallbumm, damit ist Liliana Bachmann raus aus der Geschichte, dachte Sandra.

»Und? Wer hat es geschickt?«, erkundigte sich Marek Weiß.

»Interessant ist eher, wann das Virus gebastelt wurde. Zwei Tage vor dem Anschlag wurde damit begonnen und 24 Stunden später war es bereits fertig.«

»Also am Dienstag? So schnell?« Sandra strich sich die Locken aus dem Gesicht. »Möchte jemand was trinken? Mineralwasser?«

»Ich habe dir ja schon gesagt, das dauert nicht so lang.«

»Aber du weißt nicht, wer es geschickt hat?«

»Noch nicht. Es war so ein kurzfristiger Mail-Account, der sich nach zehn Minuten wieder löscht. Wenn du vorsichtig bist, kannst du beim Einrichten eines solchen Kontos deine IP-Adresse verschleiern, ein paar Schleifen ins Netz binden. Ich bleibe dran.«

Sandra goss Mineralwasser in ein Glas und hielt es Freiflug hin. Er sieht schlecht aus, fand Sandra. Nahm ihren Hinweis, nachts an dem Fall oder wahlweise an seiner neuen Schnittstelle zu arbeiten, wörtlich. Seine Lider waren geschwollen, die Augen gerötet. So stellte sie sich Computerfreaks vor, die abseits der Welt an hinterfotzigen Programmen tüftelten und sich von Pizzas aus der Tiefkühlung ernährten.

»Erstens: Hat noch jemand dieses Virus auf dem Rechner?« Freiflug hob den Daumen. »Zweitens: Könnte es sein, dass der Mörder damit gerechnet hat, dass ihr die Bachmann verdächtigt, und ihr ein manipuliertes Beweisstück untergejubelt hat, damit er selbst aus dem Schneider ist?« Er reckte den Zeigefinger in die Höhe. »Und drittens«, sein Mittelfinger schnellte hinterher, »woher hat der Mörder das gewusst? Dass ihr auf die Spuren der Bachmann geraten seid?«

»Diese Tussi«, brachte Marek hervor und starrte auf die drei Finger, die Freiflug in die Luft streckte.

»Diese Ghostwriterin. Sie war im Haus von der Bachmann.«

»Stopp!« Sandra hob die Hand. »Stopp, Marek. Was ist eigentlich mit dir los? Warum blockierst du dich selbst?«

Marek starrte sie an. »Was meinst du?«

»Du arbeitest nicht wie ein Ermittler, mein Lieber.« Sie hielt ihm die Mineralwasserflasche hin. »Trink mal was. Ihr trinkt alle zu wenig, das macht eure Hirnwindungen sauer.«

»Pfff«, machte Marek. »Diese Laverde war auf der Wiesn, vor ›The Demon‹, als es passierte.«

»Vergiss es«, sagte Freiflug. »Sie ist mit Nero zusammen. Nero Keller aus meiner Abteilung. Sie ist seine Freundin.«

»Deswegen sollen wir die Klappe halten?«

»Ich glaube, du spinnst. Wir haben alle durchgecheckt, die in ›The Demon‹ waren, als der Junge starb«, warf Sandra ein. »Alle.«

»Soweit wir sie erwischt haben.« Marek nahm die Wasserflasche und leerte sie in einem Zug.

»Exakt. Vielleicht sind uns ein paar durch die Lappen gegangen. Darunter der Mörder. Die Laverde jedenfalls hat eine Aussage gemacht.« Sandra sah auf ihr Handy. Sie ahnte, dass das Innenministerium sich bald melden würde, und wünschte sich weit weg. »Die Ereignisse sind so weit rekonstruiert, dass wir wissen, was Sache ist. Nur reichen die Spuren nicht. Sie weisen auf einen Einzeltäter. Auf eine kleine, schmal gebaute Person in schwarzen Klamotten, die sich mit Rechnern auskennt und erst am Tag vor dem Mord mit dem Virus fertig geworden ist. Unsere Sexbombe, die Bianca aufgegriffen hat, war es nicht. Zu klein! Neta Kasimirs Daten passen auch nicht. Sie ist größer als die Gestalt auf unseren Videos.«

»Aber es kommt keine andere Frau infrage! Wir müssen noch einmal alle Zeugen ausquetschen«, sagte Marek. »Müssen herausfinden, wann sie sich entschieden, in ›The Demon‹ zu fahren, und gegebenenfalls, wie sie sich verabredeten.«

»Mein Gedanke«, nickte Freiflug anerkennend. »Der Mörder hing nicht nur in Lilianas Mail, sondern vielleicht in anderen Rechnern auch. In unseren übrigens nicht. Ich habe das gecheckt. Keine Angriffe.«

»Dann wirst du nur das Problem haben, dass sich viele Leute nicht explizit für ›The Demon‹ verabredet haben, Marek«, warf Sandra ein. »Normalerweise schlendert man über die Wiesn und lässt sich treiben.« Irgendetwas nagte an ihr. Es hing mit Freiflugs Frage zusammen. Konnte der Mörder darauf gekommen sein, dass Liliana Bachmann ins Visier der Ermittler geraten würde? Und wenn ja, warum schon so bald, am Tag zwei nach dem Anschlag in der Geisterbahn?

»Das ist es doch!« Marek hieb auf das Fenstersims. »Das ist der rettende Gedanke. Wenn sich Zeugen verabredet haben, wäre die nächste Frage, ob sie das im Internet gemacht haben. Und dann könnten wir davon ausgehen, dass es dem Mörder um diese Personen ging.«

»Die Wahrscheinlichkeit, dass sich Leute ausgerechnet auf die Geisterbahn eingeschossen haben, ist gar nicht so gering«, bestätigte Freiflug. »Denkt an die Gutscheine in den Zeitungen!«

»O. k., Marek«, fasste Sandra zusammen. »Du hast einiges zu tun. Wochenende oder nicht. Außerdem überzeugt mich deine Befragung von Wolfgang Bachmann nicht.« Sie hielt das Protokoll hoch. »Wo war er zur Tatzeit? Könnte er der Täter sein? Was versteht er von Computern? Könnte er jemanden beauftragt haben? Frag ihn, wie Johannes Bachmann zu seinem Halbbruder stand. Der junge Mann muss doch darunter gelitten haben, vor seiner Mutter verbergen zu müssen, dass er Bescheid wusste.« Das hätte ich als Erstes gefragt, dachte Sandra. Aber ich kann nicht überall gleichzeitig sein. »Morgen früh will ich Ergebnisse sehen!«

39

»Gehen Sie schon mal zu Neta, Frau Bachmann«, sagte ich, während wir das Foyer des Ingolstädter Klinikums durchschritten. »Ich komme später nach. Ich brauche einen Kaffee.«

»Danke. Ja. Natürlich.« Sie hastete zu den Aufzügen.

»Soll ich Ihnen was mitbringen?«, rief ich ihr nach.

»Nicht nötig.«

Die hat's wirklich eilig, dachte ich. Während der Fahrt hatten wir geschwiegen. Mir war kalt, obwohl die Sonne wieder hervorgekrochen war. Ich war ausgelaugt. Nahm mir einen Cappuccino und eine Schinkensemmel und stellte mich an der Kasse an.

Die Cafeteria war überfüllt. Ein paar Besucher diskutierten am Zeitschriftenständer, was das passende Geschenk für eine Frau im Wochenbett wäre. »Brigitte«, murmelte ich und musste grinsen. Manchmal gelang mir das tatsächlich: mir einen Witz zu erzählen, den ich noch nicht kannte. Eine Ärztin mit blondem Pagenkopf stand hinter mir, griff nach einem Becher Suppe und drängte sich von hinten an mich.

»Sorry, aber so geht es auch nicht schneller!« Ich stemmte die Hände in die Hüften.

Sie sah einfach weg. Ich guckte auf ihr Namensschild, konnte es aber nicht lesen, denn sie drehte sich um und kramte in den Besteckkästen herum. Von wegen Schweinegrippe, dachte ich. Hier feiern die Viren fröhliche Urstände. Ohnehin war ich überzeugt, dass es die Schweinegrippe gar nicht gab. Juliane hatte mir neulich auseinandergesetzt, dass es sich bei der Massenhysterie um eine Kampagne der Pharmaindustrie handelte, die ihren Umsatz um einige Milliarden steigern wollte und die Panik im Sinne einer Marketing-Kampagne gezielt anfachte. Keine Ahnung, aus welchem roten Kassiber Juliane, die letzte Sozialistin von Oberbayern, diese Weisheit hatte, aber es könnte was dran sein. Ich zahlte meine Sachen und setzte mich an einen Tisch am Fenster. Der Cappuccino schmeckte wässrig, ja, Oma Laverde, wirklich die reinste Lorke, und die Semmel war trocken wie Stroh, aber ich hatte Hunger. Die Ärztin eilte mit ihrem Tablett in eine Ecke, schlürfte gierig ihre Suppe. Sie war stark geschminkt, wahrscheinlich, um die Übermüdung durch die vielen Nachtschichten zu kaschieren. Was tat ich hier noch? Ich würde zu Neta raufgehen, Hallo sagen, dann nach Hause rauschen und mich aus der Geschichte ausklinken. Nicht aus der Weltgeschichte, aber aus diesem Drama um Neta und Liliana und absurde Verdächtigungen. Mein Kopf brummte. Vielleicht war eine Auszeit doch nicht der Hit. Ich brauchte keine Auszeit, ich brauchte Ablenkung, ein Projekt, einen Plot, Action and Destraction, schon wieder ein selbsterzählter Witz. Ich lachte leise auf. Ob Neta mit ihren Erzählkünsten der Mutter des verstorbenen Jungen helfen könnte? Aber das kam wohl nicht infrage, einerseits für Liliana da zu sein und andererseits für die Konkurrenz. Die Ärztin räumte ihren Becher in das Regal mit dem Schmutzgeschirr und eilte davon. An der Tür drehte sie sich noch einmal um. Ich grinste. War dumm. Oder auch nicht. Wie hätte ich das zu diesem Zeitpunkt wissen können. Mag sein, dass in meinem Kopf irgendetwas klick machte; wenn es so war, dann achtete ich nicht darauf.

Ich stellte meine Sachen ebenfalls weg und machte mich auf zu Netas Zimmer.

Die Tür stand offen.

»Sie war so unruhig, wir mussten ihr ein Beruhigungsmittel geben«, hörte ich eine weibliche Stimme.

Ein Mann hielt dagegen: »Überdosierung, Himmel Donnerwetter!«

Eine Kakofonie panischer Stimmen folgte. Dann hörte ich Liliana toben. Sie schrie, weinte, jaulte, brüllte. Ich rannte.

Neta lag auf dem Bett, weiß wie Neuschnee, die Augen geschlossen. Ihre Glieder zitterten. Schweiß bedeckte ihr zerschundenes Gesicht. Liliana krümmte sich an ihrer Seite. Zwei Ärzte und zwei Krankenschwestern standen um das Bett.

»Was ist hier los?« Ich packte Liliana am Arm. »Was ist mit ihr?«

»Koma!«, sagte ein Arzt.

»Koma?« Ich schaute auf Neta. Der Kopfverband war abgenommen worden, und bis auf die Hämatome und das ungewaschene Haar sah sie schon wieder ganz manierlich aus. Abgesehen von der tödlichen Blässe.

Das Heckmeck im Zimmer brachte meinen Puls auf Touren. Jeder tat irgendwas, raste herum, gab Kommandos, schleuderte Wortfetzen in den Raum. Ich sah Netas totenblasses Gesicht an.

»Sie krampft!«, schrie ein Arzt. »Sauerstoff!«

Ich drehte mich zu Liliana. Ihr Gesicht war tränenüberströmt. »Nicht mein Kind«, flüsterte sie. »Nicht meine Tochter.«

Ich wollte etwas sagen, sie beruhigen, sie trösten. Aber Zuversicht zu verbreiten, während ein Leben offensichtlich zu Ende ging, gehörte nicht zu meinen Stärken. Ich war überhaupt der Ansicht, dass das Grauen durchlebt werden wollte. Lilianas Haar hing wirr um ihr Gesicht. Die kunstvolle Hochsteckfrisur hatte sich aufgelöst. Rote Flecken bildeten sich auf ihren Wangen.

»Nicht mein Kind!«, schrie sie und fiel der Krankenschwester in den Arm, die sie vom Bett wegführen wollte. »Eben war doch eine Ärztin da! Sie hat nach ihr gesehen, ich habe sie aus dem Zimmer treten sehen, als ich herkam. Da konnte es meiner Neta noch nicht schlecht gehen! Sonst hätte die Ärztin bestimmt was gesagt!« Schluchzend brach Liliana auf einem Stuhl zusammen.

»Ärztin?« Die Krankenschwester, die Lilianas Arm immer noch berührte, schüttelte den Kopf. »Heute hat hier keine Ärztin Dienst. Nur Dr. Reuter und Dr. Hübner.« Sie wies mit dem Kinn auf die beiden Männer, die sich mit versteinerten Mienen an Neta zu schaffen machten.

»Doch, eine Ärztin«, beharrte Liliana. »Schmal, zierlich, blond. So langes Haar.« Sie hielt die Hand auf Kinnhöhe. »Ich habe sie nur von hinten gesehen, aber …«

»Moment!« Ich raste zur Tür und lief.

Ließ die Aufzüge links liegen. Nahm zwei Stufen auf einmal, galoppierte die Treppen hinunter, hörte meine Absätze wie Pferdegetrappel, Galoppel, Galoppel. Am Eingang zur Cafeteria schob ich eine Frau mit Rollator beiseite und hechtete zur Theke.

»He, das ist doch typisch, mal wieder typisch!«, begann ein älterer Herr im Lodenjanker.

»Es geht um Leben und Tod!«, keuchte ich und griff mir den erstbesten Besteckkasten. Mit ohrenbetäubendem Gepolter stürzten die Messer auf den Boden. Die Kassiererin kam hinter der Theke hervor. Die Löffel krachten hinterher. Nichts würde mich aufhalten, auch nicht das Raunen der Umstehenden, man solle die Polizei rufen.

Die Gabeln! Von nun an würde ich ein besonders herzliches Verhältnis zu Gabeln haben. Denn was zwischen den blitzenden Essforken zum Vorschein kam, bestätigte meinen Verdacht. Ich bückte mich und packte mit spitzen Fingern das längliche, so silbern wie Besteck schimmernde Teil, das garantiert noch nie als Gabel gedient hatte.

»Ja, rufen Sie die Polizei!«, schrie ich ins Publikum, das nun mucksmäuschenstill um mich herum stand und wie die Vollpfosten starrte. »Fahndung nach einer als Ärztin verkleideten, dünnen, zierlichen Frau. Rufen Sie im LKA an. Sandra Berlin ist die ermittelnde Hauptkommissarin.«

Ich rannte los, den Insulin-Pen in der Faust. Diese raketenähnlichen Teile hatte ich einmal auf einer Recherchereise gesehen. Diabetiker konnten sich damit zielgenau Insulin spritzen. Japsend verließ ich das Treppenhaus und jagte über den Gang zu Netas Zimmer.

»Sie hat Insulin bekommen!«, brüllte ich. »Insulin!« Ich hielt den Pen hoch wie eine Trophäe.

»Glucose!«, parierte einer der beiden Ärzte. »Ist die Kartusche leer?«

»Leer!«

»Das heißt im Höchstfall 300 Milliliter 100er Insulin. Los. Vielleicht ist es noch nicht zu spät.«

»Die Atmung hat ausgesetzt«, sagte der andere. »Das Herz hat ausgesetzt.«

»Wiederbelebung! Weg vom Bett!«

Eine Maschine wurde hereingerollt. Ich zog Liliana beiseite. Jemand riss Netas Nachthemd auf. Ihr lebloser Körper sprang hoch und sackte auf das Bett zurück. Liliana stand da, wie versteinert, klammerte sich an meine Schulter und schaute mit irrem Blick auf Neta. Eine Krankenschwester beugte sich über sie und entleerte eine Kanüle in den Schlauch, der in Netas Vene führte.

»Sie schafft es!«, redete ich Liliana zu. »Jemand hat ihr Insulin gegeben. Sie hat einen schweren hypoglykämischen Schock. Aber sie ist ein starkes Mädchen. Ich bin sicher, sie schafft es.«

40

»Mir ist es jetzt nicht so recht«, hauchte Astrid Nedopil in ihr Handy. »Ich bin beim Einkaufen, meine Schwester kommt am Wochenende aus Irland zurück.«

Vor dem Haus in Laim stehend, trat Sandra unruhig von einem Fuß auf den anderen. Das hatte sie jetzt davon, dass sie sich bei Astrid Nedopil nicht angemeldet hatte.

»Wann sind Sie zurück?«

»Das wird dauern«, mauerte Astrid. »Elli war vier Monate weg. Ich habe eine lange Liste, was sie braucht.«

»Wo wohnt Ihre Schwester? Ich komme dorthin!«

»Bei mir in der Nachbarschaft. Aber ich bin, wie gesagt, noch unterwegs, und bei dem Verkehr ...«

Sandra ließ sich die Adresse geben. »Ich warte dort auf Sie.« Sie steckte ihr Handy ein und ging zu Fuß zum Haus von Elli Nedopil. Es war nicht weit. Astrids Schwester wohnte im ersten Stock eines würfelförmigen, gesichtslosen grauen Hauses. Diesen Stil fand man nach Sandras Geschmack zu oft. Alle Häuser sahen gleich aus, waren in einer Zeit gebaut worden, als viele Menschen schnell ein Heim brauchten. Zweifelnd sah Sandra zum Himmel. Das Wetter konnte sich nicht entscheiden. Herbst. Tatsächlich war Herbst. Im Erdgeschoss wurde ein Fenster aufgestoßen.

»Wollen Sie zu Elli?« Ein Gesicht lugte heraus. Eine Frau um die 30, die ein Kleinkind auf dem Arm hatte.

»Ich bin mit ihrer Schwester hier verabredet!« Sie holte ihre Legitimation hervor. »Sandra Berlin, LKA.«

»Ach, die Astrid, ja. Die kam gestern hier vorbei und hat alles vorbereitet, frische Sachen in den Kühlschrank gestellt und so. Elli war vier Monate weg. Wollen Sie nicht reinkommen?«

Sandra ging zur Haustür.

»Schlimm, das mit Marius.« Die Frau setzte das Kind ab, das sich sofort krabbelnd an die Erkundung der Welt machte. »Ich habe Elli gesagt, ich könnte mich schon darum kümmern, dass sie was zu essen hat, wenn sie heimkommt. Aber die beiden Schwestern sind sehr eng miteinander.« Sie streckte die Hand aus. »Ich bin Ruth Melker. Mein Mann und ich vermieten an Elli schon seit drei Jahren. Sie ist ein netter Kerl. Ganz offenherzig. Ihre Schwester ist ja eher distanziert. Manchmal kommt sie mir richtig unterkühlt vor. Möchten Sie einen Tee?«

»Warum nicht. Was hat Elli denn in Irland gemacht?«

»Sie ist Physiotherapeutin und hat dort einen Kurs gegeben. In irgendeiner speziellen Behandlungsmethode, die in Irland noch nicht so bekannt ist. Zucker?« In Windeseile hatte Ruth Melker Tassen, eine dampfende Teekanne, Milchkännchen und Zuckerdose auf ihren Küchentisch gezaubert. »Ich finde es klasse, dass sie sich überhaupt auf den Auslandsaufenthalt eingelassen hat. Elli ist Diabetikerin, da ist das Leben kompliziert. Essen nach Plan und so weiter. Bedienen Sie sich.«

»Astrid hat also gestern für ihre Schwester eingekauft?«

»Ja, sie war den ganzen Tag unterwegs, hat sich richtig Mühe gegeben. Sie braucht auch Ablenkung, nach dem, was mit ihrem Sohn …« Ruth Melker legte den Kopf schief. »Sie leiten die Soko Geisterbahn, richtig? Ich habe Ihr Foto in der Zeitung gesehen.«

Sandra nickte.

»Wie schrecklich das alles ist! Und nun kommen Sie, um Astrid Bericht zu erstatten?«

»So ist es.« Sandra atmete tief durch.

»Astrid hat das Herz am rechten Fleck, auch wenn man nicht leicht Zugang zu ihr findet. Das war aber auch eine dumme Männergeschichte, auf die sie sich da eingelassen hatte. Bert hatte ihr versprochen, er würde sich scheiden lassen, sobald das Kind auf der Welt ist, aber dann hat er es sich anders überlegt. So sind die Männer.« Sie lachte auf. »Na, meiner ist o. k., ich kann mich nicht beschweren.«

»Nein.«

»Astrid hat all die Jahre auf Bert gewartet. Gehofft, er würde sich doch noch für sie entscheiden. Er hatte ihr gesagt, dass sie ihm alles bedeutete, seine Frau dagegen nichts mehr, das sei alles eingeschlafen. Er kam regelmäßig zu Astrid. Sie hat geduldig auf ihn gewartet und war bereit für ihn, sobald er Zeit hatte. Astrid berichtete ihrer Schwester immer haarklein, was mit Bert los war, und Elli kotzte sich dann bei mir aus. Sie hat ihrer Schwester x-mal ins Gewissen geredet, sie solle den Typen vergessen und sich einen anderen Mann suchen. Der Typ hätte sich nie scheiden lassen. Wahrscheinlich hat seine Frau ihn unter Druck gesetzt. Ach, was weiß ich, was den Kerlen da immer im Kopf rumgeht. Und dann starb Bert. Ganz plötzlich. Seine Frau hat Astrid nicht zu ihm gelassen, als er im Krankenhaus war. Muss eine ziemliche Hexe sein!«

Das Kleinkind kam zum Tisch gekrabbelt und grinste ein stolzes, zahnloses Lachen. »Unser Robin. Ein Sonnenschein!« Ruth lächelte. »Aber mein Leben ist ziemlich eintönig geworden. Da ist es ganz gut, wenn um einen herum ein bisschen Abwechslung herrscht.« Sie wurde rot. »Also, ich meine, wenn Elli wieder hier ist, habe ich jemanden zum Ratschen! Entschuldigen Sie. Ich habe den Tee ganz vergessen, vor lauter Erzählen! Wobei«, sie goss Sandra Tee ein, »Astrid war ja ab und zu hier in diesen letzten Monaten.«

»Bei Ihnen?«

»Oben bei Elli. Hat sauber gemacht und sich um die Wohnung gekümmert. Ich habe gesagt, die Pflanzen könnte ich schon gießen, so viel Zeit habe ich, wo ich doch zwei Jahre mit Robin daheim bleiben will. Aber Astrid meinte, sie macht das gern. Und dann kam sie plötzlich ganz oft, jeden Tag, und blieb auch ziemlich lang. Manchmal die halbe Nacht.«

»Wann war das? Und könnten Sie mir mal die Milch …«

»Das ist noch nicht so lange her«, erwiderte Ruth und reichte Sandra das Milchkännchen. »Ein paar Tage, bevor das mit Marius passierte. Fünf, sechs Tage vorher. Mein Mann und ich, wir haben uns gewundert, warum sie so lange blieb und was sie da machte, aber es geht uns ja nichts an. Elli ist unsere Mieterin, mit der kommen wir aus, die wollen wir auch gern behalten.«

»Ja, es ist nicht leicht, anständige Mieter zu finden.«

»Eben.«

»Kann ich mich oben mal umsehen?«

»Bei Elli?« Ruth zögerte.

»Routine. Wir versuchen, uns ein möglichst umfassendes Bild des Opfers zu machen. War Marius denn mal hier? Bei seiner Tante?«

»Ja, Elli hat ein sehr herzliches Verhältnis zu dem Jungen. Hatte. Mein Gott! Auch für Elli muss es ein grauenhafter Schock gewesen sein. Ich glaube, sie kommt ein paar Wochen früher heim, als sie ursprünglich vorhatte, um Astrid beizustehen. Und natürlich wegen der Beerdigung. Schauen Sie sich mal bei Facebook um! Wie süß Marius sich da vorstellt. Mit Fotos von seiner Familie, seinem Vater, seiner Mutter, seiner Tante … und nun …« Ruth Melker holte einen Schlüssel. »Hier, gehen Sie nach oben. Astrid hat schon alles hergerichtet für Ellis Ankunft.«

Sandra nahm den Schlüssel und stieg die Treppen in den ersten Stock hinauf.

41

»O mein Gott, hilf mir dieses eine Mal.« Liliana Bachmann ging auf und ab, auf und ab wie ein Eisbär im Käfig. Man hatte uns aus Netas Zimmer auf den Gang bugsiert, denn Liliana hatte einen solchen Trouble veranstaltet, dass eine Schwester uns als Gefahr für das Leben der Patientin eingestuft hatte.

»Er wird Ihnen helfen.« Für blödsinnige Versprechungen war ich immer gut.

»Ich habe alle verloren, die ich liebte. Darf ich denn niemanden lieben?« Liliana weinte. Sie war grau im Gesicht. Ich wusste nicht, was ich sagen sollte, um den Tränenstrom zu stoppen. Wozu auch. Die Seele wusste ziemlich genau, wie lange sie weinen musste, um Erleichterung zu finden.

»Als Bert starb, dachte ich, ich habe kein Recht, jemanden zu lieben. Denn wen auch immer ich liebe, er stirbt!« Verzweifelt presste Liliana die Stirn gegen das Fenster.

Ich war nicht das Juwel in der Krone, wenn es darum ging, Menschen mit Zuneigung und Einfühlungsvermögen zu beglücken. Aber Liliana erbarmte mich. Ein altmodisches Wort für ein unbekanntes Gefühl! Ich kapselte mich von der Welt ab, wenn ich in meinen Büchern steckte, und passte im Business absolut auf, nicht in das Gefühlsleben meiner Kunden hineingezogen zu werden.

»Jemand wie Sie, Liliana«, hörte ich mich sagen und erkannte mich selbst kaum wieder, »Sie sind eine so warmherzige, liebevolle Frau. Warum sollten ausgerechnet Sie kein Recht haben, jemanden zu lieben?«

Sie sah mich aus ihren dunklen Augen an.

»Danke. Sie sind sehr lieb.« Sie schnäuzte sich und schob das Taschentuch in ihren Pulloverärmel. »Wer hat das getan?«

»Die Polizei findet es heraus.«

»Da wäre ich mir nicht so sicher. Die versteifen sich auf aberwitzige Verdächtigungen!« Liliana nahm ihren unruhigen Gang wieder auf.

»Nun haben sie aber Anhaltspunkte!«, sagte ich. »Ich habe die Ärztin gesehen und ich kann sie beschreiben. Wenn sie Netas Auto manipuliert hat … dann …« Ja, was dann, überlegte ich. Sollte das bedeuten, dass Neta schon bei dem Anschlag in ›The Demon‹ als Opfer ausgeguckt war? Und nicht der Junge? Aber warum?

Netas Zimmertür öffnete sich. Lilianas Gesicht zerfiel.

»Sie hat's gepackt«, sagte der Arzt, kam auf uns zu und fasste Lilianas Hand. »Kann ich Ihnen mit irgendetwas helfen?«

»Sie lebt?« Liliana sah ihn an, ein zähes, kleines Kraftpaket mit wirrem Haarschopf und ungläubig hoffnungsvollen Augen.

»Sie lebt und sie schafft's. Noch ist sie sehr schwach. Bleiben Sie bei ihr.«

Liliana beachtete mich nicht mehr. Flink wie ein Wiesel verschwand sie in Netas Zimmer.

»Schlimm, wenn die eigenen Kinder«, begann der Arzt, als sein Piepser ging und er mit einem bedauernden Blick davoneilte. Ich warf einen Blick in das Krankenzimmer. Neta lag da wie zuvor. Genauso blass, genauso bewegungslos. Liliana kauerte an ihrem Bett und strich ihr das Haar aus der Stirn, massierte ihr die Wangen. Sie sah mich nicht, achtete nicht auf die Krankenschwester, die sich um die Infusionsflasche kümmerte. Ihr Blick haftete an Neta.

Sie liebt sie wirklich wie ein eigenes Kind, dachte ich. Mir kam ein fieser Verdacht. Meine bisherige Devise, wonach die Fantasie ausreichte, um ein zufriedenes Leben zu führen, könnte sich als Fehleinschätzung erweisen. Geschichten konnten nicht alles ersetzen. Man brauchte ein bisschen Wirklichkeit.

Bevor ich melancholisch werden konnte, tauchte neben mir eine Polizistin auf. »Entschuldigen Sie. Sind Sie Frau Laverde?«

»Ich komme«, sagte ich.

42

Sandra spürte ihre Nervenenden vibrieren. Der Fall bekam eine Richtung. Marek Weiß' unfrohes Gesicht ging ihr auf den Wecker, aber sie hatte keine Zeit, sich über ihn zu ärgern oder den Schnürlregen zu beachten, der sich vor dem Fenster ergoss. Sie hatte zu tun. Den Richter an die Strippe kriegen, die Leute von Freiflugs Abteilung aktivieren, eine Zivilstreife zu Astrids Haus beordern, eine andere zur Wohnung der Schwester. Sie hatte eine direkte Leitung zu den Ermittlern in Ingolstadt. Ihr eigenes Team saß vollzählig vor ihr.

»Fahndung nach Astrid Nedopil läuft«, sagte Marek. »Handyortung hat nichts gebracht, das Handy ist abgeschaltet.«

»Ich will die Verbindungsdaten!« Sandra trommelte auf dem Notebookdeckel herum.

»Kommen sofort.« Marek bohrte die Hände in die Taschen, als wolle er sagen: Hiermit habe ich meine Pflicht und Schuldigkeit getan.

»Das ist absoluter Wahnsinn«, wandte Ute Timmer ein. »Es würde bedeuten, dass die Nedopil ihren eigenen Sohn auf dem Gewissen hat.«

»Es gibt alles«, erklärte Sandra, legte das Telefon weg und atmete tief durch. Gerade hatte sie die Kriminaltechniker zu Höchstleistungen angetrieben.

»Wir haben Fingerabdrücke auf dem Insulin-Pen und wir haben in Kürze Fingerabdrücke von Astrid Nedopil.«

»Dann lassen wir die Marionetten tanzen«, grinste Ute. »Dr. Klug wird sich freuen.«

Marek hustete. »Haben wir den richterlichen Beschluss?«

»Ist eine Sache von Minuten.« Sandra klopfte mit dem Zeigefinger auf ihre Nasenspitze. Klar, die Nedopil hatte das Virus auf Liliana Bachmanns PC eingeschleust, gesteuert von dem sicheren Gefühl, dass Liliana im Laufe der Ermittlungen verdächtigt werden würde. Als betrogene Ehefrau, die mit dem Bastard nicht zurechtkam. »Wo sind die Kollegen Freiflug und Keller? In Elli Nedopils Wohnung gab es zwei Rechner. Darunter ein Notebook, klein und schnuckelig, aber technisch ziemlich hochgerüstet, soweit ich das beurteilen konnte.« Sie wies auf den Plastikbeutel, der mitten auf ihrem Schreibtisch hockte, die Krone auf einem Berg voller Papiere.

»O. k., nehmen wir an, dass Astrid Nedopil in der Wohnung ihrer Schwester das Virus gebastelt hat. Aber warum? Sie hatte Möglichkeiten und Mittel, aber das Motiv? Ich kapier's nicht!«, regte Marek sich auf.

»Hast dich halt zu sehr auf die Bachmann eingeschossen«, grinste Ute und wedelte mit einem Aktendeckel. »Können wir mal ein Fenster aufmachen?«

Marek schoss hoch und riss das Fenster auf. Ihm war heiß. Und eng in der Kehle.

43

Später, als ich wieder klar denken konnte, dachte ich mir: Man muss schon gewaltig kaltschnäuzig sein, um sich noch am Tatort herumzutreiben, während die Fahndung läuft. Oder man ist einfach berechnend. Kühl und rational. Eine Logikerin. So gesehen war Astrid Nedopils Idee, am Tatort zu bleiben, während die Polizei alles abgraste, ihren Wagen beschlagnahmte, Spuren sicherte und die ganze Zirkusnummer ablaufen ließ, nur folgerichtig.

Ich spazierte nichts Böses ahnend aus der Klinik und ließ die Fernbedienung meines Spiders aufblitzen, freute mich daran, dass er mich grüßte wie ein alter Kumpel, und legte gerade die Hand an die Fahrertür.

»Ich fahre mit, und halten Sie die Klappe.«

Etwas Kaltes drückte sich an meinen Hals. Seltsamerweise dachte ich: Aha, das gute alte Messer. Ich tickte nicht mehr richtig.

»Frau Nedopil?«, fragte ich. Zaghaft wollte ich mich nach ihr umsehen, aber sie kroch in meinen Wagen und kommandierte: »Fahren Sie. Und wenn Sie jemanden auf sich aufmerksam machen, tranchiere ich Sie.«

Die Psyche eines Menschen, der nichts zu verlieren hatte, soviel wusste ich durch meine Arbeit als Ghost, war aufgezogen bis zum Anschlag. Jede

Sekunde konnte so ein Mensch durchdrehen und anfangen, Leute abzuknallen. Oder abzustechen.

»Wohin?«, fragte ich.

»Fahren!«

Ich bog vom Parkplatz ab.

»Autobahn!«

Ich schwieg. Die Messerklinge brannte an meinem Hals. Astrid Nedopil war sprungbereit wie ein Panther.

»Und jetzt?«, fragte ich, als wir uns der Auffahrt näherten.

»Nicht nach München.«

Also fädelte ich mich Richtung Nürnberg ein und trat aufs Gas. Ich fuhr, ich hatte die Kontrolle. Wenn ich sie lange genug behielt, fand ich vielleicht eine Möglichkeit, die Verrückte von meinem Rücksitz zu katapultieren. Bequem war es dort hinten ja nicht. Aber Astrid Nedopil war klein, zierlich und dünn genug, um durch ein Mauseloch zu passen.

»Sie sind eine Meisterin der Camouflage«, sagte ich. Betrachtete sie im Rückspiegel. Die blonde Perücke hatte sie abgelegt, die Schminke entfernt. Sie sah mit ihrem überlangen Pony und der zotteligen Mähne durchschnittlich aus. Hässlich nicht, aber auch nicht hübsch. Eher so, als habe sie sich lange vernachlässigt.

»Schalten Sie Ihr Handy aus.«

»Ich habe kein Handy.«

Sofort drückte sich die Klinge tiefer in meine Haut.

»Schon gut, schon gut.« Ich angelte das Telefon aus meiner Jackentasche und warf es auf den Beifahrersitz. Blitzschnell griff Astrid Nedopil danach und schaltete es ab.

»Fenster aufmachen!«

Ich gehorchte. Also musste ich mich auch von meinem geliebten Handy verabschieden. Besser jedenfalls als von meinem Leben, dachte ich, als ich aus den Augenwinkeln wahrnahm, wie meine Mitfahrgelegenheit das Telefon aus dem Fenster in den immer dunkler werdenden Abend schleuderte.

»Was haben Sie vor?«, fragte ich.

»Ich will nicht reden.«

Denkste, dachte ich. Alle wollen sie reden. Bei manchen war das Bedürfnis so gewaltig, dass sie Geister wie mich engagierten. Endlich mal alles loswerden und jemanden haben, der Ordnung in den Müll brachte! Man wollte den Abfall hübsch sortiert in den Regalen sehen und sich dann von ihm verabschieden. Und dabei verzerren, übertreiben, lügen, ausstreichen und beschönigen auf Teufel komm raus.

»Ich bin Ghostwriterin«, sagte ich. »Ich habe schon die absonderlichsten Geschichten gehört. Aber das, was Sie hier veranstalten, ist mir noch nicht untergekommen. Hatten Sie es von Anfang an auf Neta abgesehen?«

»Der Schmerz kann wahnsinnig machen! Er kann betäuben, den Kopf leeren. Er kann dich in Stein verwandeln. Kann dein Herz zerquetschen.«

»Warum in ›The Demon‹?«

»Ich wusste, dass sie dort sein würden.«

»Wer – sie?«

»Er hat mir versprochen, er lässt sich scheiden.«

Das hörte man ja oft. Glaube nie einem Mann, der dir verspricht, er lässt sich scheiden, denn höchstwahrscheinlich will er nur mit dir ins Bett. Ich fuhr langsamer.

»Ich wollte Gerechtigkeit. Immer. All die Jahre.«

»Hat er nicht für seinen Sohn bezahlt?«

»Oh, aber nein, meine Dame!« Astrid Nedopil lachte kalt auf. »Er hat bezahlt. Er hat immer alles ganz korrekt ablaufen lassen. Korrekt, nach dem Gesetz. Marius musste es an nichts fehlen. An nichts Materiellem. Er hat sich auch immer um Marius gekümmert. Die Besuchszeiten eingehalten, alles akkurat durchgeplant. Aber wir waren nie eine richtige Familie.« Sie schnaubte. »Er hatte meinen Hausschlüssel. Er konnte jederzeit kommen, wann immer er wollte. Aber ich, ich durfte ihn nicht mal anrufen. Auch nicht auf seinem Handy. Einmal hatte Marius eine schwere Grippe. Der Arzt empfahl mir, den Jungen ins Krankenhaus zu bringen, zur Beobachtung. Ich war verzweifelt. Ich wusste nicht, was ich machen sollte. Rief Bert an. Er rastete aus, weil ich mich nicht an die Abmachung gehalten hatte.«

»Es war ein außergesetzlicher Notfall.« Ich hoffte, mich mit Astrid Nedopil wenigstens oberflächlich zu solidarisieren.

»Solche Ausnahmen kannte Bert nicht.«

Du dumme Nuss, dachte ich. Dem Kerl hätte ich den Hausschlüssel entzogen und klargemacht, dass ich die Bedürfnisse, die seine Frau nicht befriedigt, nicht zu saturieren gedenke. So einfach war das. Hilflosigkeit fand ich zum Kotzen. Aber ich hatte mich auch noch nie in einen verheirateten Mann verliebt. Zugegeben, ich hatte mich selten verliebt.

»Bert hat Marius geliebt. Von Herzen. Als Bert im Sterben lag, wollte ich ihn sehen, aber die Alte hat mich nicht zu ihm gelassen. Marius allerdings durfte seinen Vater besuchen. Was für ein Zugeständnis. Aber mich haben ihre Freunde vor dem Krankenzimmer abgepasst. Kein Zugang für Huren.«

Ich dachte an mein Mitleid für Liliana und überlegte, ob ich mich nicht zu schnell auf eine Seite festgelegt hatte. Definitiv waren die vergangenen Jahre für Astrid Nedopil auch nicht allzu gemütlich verlaufen.

»Ich habe nur Almosen bekommen, Brosamen, Mitleid, wenn ich zu sehr geklagt habe, wenn ich einmal nicht geduldig war. Ich war allzeit bereit für ihn. Aber er hatte immer einen Grund, nicht bereit zu sein.«

Bitterkeit tat weh. Selbst dem Zuhörer. Am meisten aber vergiftete Bitterkeit den Menschen, der sich damit vollsog. Ich hatte als Biografin Leute kennengelernt, die ein schönes, angenehmes, sogar von Liebe und Zuneigung gesegnetes Leben hätten führen können, sich aber an irgendeinem Ereignis aufgeilten, das ihnen in der Vergangenheit angetan wor-

den war. Sie klebten an dieser empfundenen Schmach
wie Fliegen am Fliegenfänger. Kamen nicht los und
versauten ihr Leben.

»Ich habe den Effekt bei der falschen Gondel ausgelöst«, sagte Astrid tonlos. »Auf den Monitoren im
Kontrollraum konnte man die Gesichter der Leute
nicht erkennen. Alles dunkel, grau, verschwommen.
Ich sah meinen eigenen Sohn und dachte, es wäre
Neta. Gleiche Statur, gleiche Größe.« Sie schien
immer noch verwundert, dass ihr so ein Lapsus passiert war.

»Woher können Sie so gut mit Computern umgehen?«, fragte ich. Ich fragte aus Neugier. Hoffte auf
einen Stau. Ein Stau wäre meine Rettung. Aus dem
Wagen springen und rennen. Mich in irgendein anderes Auto in Sicherheit bringen. Starke Männer zu
Hilfe rufen, die Astrid Nedopil überwältigen würden. Aber wie so oft, wenn man bettelte und flehte:
Es gab keinen Stau auf der A 9. Nur ein paar Busse,
in denen vollgekiffte Wiesnbesucher ihren Rausch
ausschliefen.

44

»Ich kann Kea nicht erreichen!« Nero runzelte die Stirn.

»Die Kollegen haben Frau Laverde vernommen. Von ihr stammt der Tipp mit dem Insulin als Tatwaffe. Astrid Nedopils Schwester ist Diabetikerin. Sie konnte sich das Mittel also leicht beschaffen«, erklärte Sandra.

»In Krankenhäusern sind die Leute so schlecht geschützt wie nirgendwo sonst«, stimmte Freiflug zu.

Sie saßen in der Kantine, jeder mit einem dampfenden Becher Kaffee vor der Nase. Sandra kaute an einer Brezel.

»Es war ein Fehler«, sagte sie. »Neta nicht unter Personenschutz zu stellen.«

»Wo steckt eigentlich Ihr junger Kollege?«, erkundigte sich Nero und dachte: späte Einsicht.

»Ackert noch mal alle Akten durch.« Sie lächelte. »Markus, ich wollte dir dieses Notebook mitgeben. Es stammt aus Elli Nedopils Wohnung. Kannst du dort Belege sicherstellen, dass Astrid Nedopil die Geisterbahn außer Gefecht gesetzt hat?«

Freiflug zuckte die Achseln. »Das wird nicht das Schwierigste sein. Du hast die Aussage von der Nachbarin, dass die Nedopil sich an den Tagen vor dem

Anschlag bei ihrer Schwester in der Wohnung aufgehalten hat. Der Rechner gibt uns die Daten preis,
an denen irgendwas mit ihm gemacht wurde. So ein
Computer vergisst nichts.«

»Gut.« Sandra trank ihren Kaffee aus. »Dann ist
jetzt ein Anruf im Innenministerium fällig.«

Nero verzog das Gesicht. Bürokratische Auto-
ritäten waren ihm eine einzige Last. Kea hielt ihn
für einen typischen Beamten, der mit der Nase in
der Pfütze lag, sobald sich ein Vorgesetzter näherte.
Aber sie täuschte sich.

»Ich mache mir wirklich Sorgen um Kea«, sagte
er halblaut zu Freiflug.

Der klebte mit den Augen an Sandra, die ihr Handy
unter die Locken schob. »Dr. Klug? Wir haben die
Täterin. Wir wissen, wer sie ist, die Fahndung läuft.
Ja, die Beweise sind ausreichend.«

45

Wir ratterten über die A 6 Richtung Heilbronn. Astrid Nedopil wollte nach Frankreich. Mittlerweile
war es stockfinster.

»Warum wollten Sie Neta töten?«, fragte ich.

Obwohl ich es ahnte. Aber es schien mir zu diabolisch. Zu grausam für die menschliche Art, zu berechnend. Einfach zu logisch.

»Sie hat zu viel Glück, diese Liliana Bachmann.« Die Nedopil hustete und ich dachte an die Schweinegrippe, an die ich nicht glaubte.

»Was meinen Sie damit?«

»Sie hat zu viel Glück!« Ein heiseres Auflachen. »Bekommt noch mal ein Kind. In ihrem Alter!«

»Aber Neta ist nicht ihr Kind.«

»Sie liebt diese Frau wie ihre eigene Tochter. Wie die Tochter, die sie nie hatte. Wussten Sie, dass man Liliana nach der vierten Fehlgeburt die Gebärmutter rausgenommen hat? Es gab Komplikationen, die Blutung war nicht zu stillen. Liliana hatte sich immer ein zweites Kind gewünscht. Sie lag Bert damit in den Ohren. Ich habe ihm einen Sohn geschenkt.«

O weh, dachte ich. Mehr Verwicklungen kann mein armer Kopf nicht mehr ertragen. Wie hart musste es für Liliana gewesen sein, dass ihr Mann ein zweites Kind hatte. Mit einer anderen Frau!

»Sie wollte ein Kind adoptieren, aber Bert lehnte das ab.«

Klar, der legte Wert darauf, selbst zu zeugen. Männer waren ziemlich seltsame evolutionäre Gebilde! Ich überholte einen LKW und lugte in die Fahrerkabine. Konnte ich wirklich niemanden auf mich aufmerksam machen? Der Fahrer grinste mich an und blies eine Rauchwolke in meine Richtung.

»Aber nun hatte Liliana jemanden. Ihr diese Frau

zu nehmen, hätte ihre vollkommene Vernichtung bedeutet.«

»Sie wollten Liliana vernichten?« Ich schüttelte den Kopf. »Aber warum, Frau Nedopil? Sie hat ihren Sohn verloren, ihren Mann, Marius hatte seinen Anteil vom Erbe. Was haben Sie sich davon versprochen?«

»Sie wollte prozessieren. Gegen das Testament.«

»Das ist reiner Unsinn.« Mir wurde heiß, ich drehte die Heizung aus. »Im Erbrecht sind uneheliche Kinder den ehelichen gleichgestellt.«

»Ach, als wenn es mir darum gegangen wäre. Das Geld hätten wir schon gebrauchen können. Aber das war nicht der Punkt.« Sie verstummte, und auch ich schwieg. Angesichts einer solchen Aufwallung von Hass fiel selbst mir nichts mehr ein, was ich fragen oder zum Besten geben konnte. Es begann zu regnen.

»Das mit den Bremsen am Twingo, das war eine Kleinigkeit«, prahlte Astrid Nedopil nach einer Weile. »Die Kasimir hatte den Wagen in einer Seitenstraße geparkt. Ich habe eine Zeit lang als Sekretärin in einem Autohaus gearbeitet. Da bekommt man einiges mit. Alle denken, dass die dummen Tippsen zu nichts zu gebrauchen sind, außer für die Arbeiten, für die man maximal gut sehen und hören muss. Du spielst das Blödchen. Aber du hältst Augen und Ohren offen. In alle Richtungen.«

Mein Hals war ganz trocken. Die Welt hatte Astrid Nedopil zeit ihres Lebens unterschätzt. Sie hatte die Situation geschickt genutzt. So war sie zur Zeitbombe geworden.

»Ich kultiviere vielfältige Interessen«, fuhr die Nedopil fort. Sie klang jetzt unbeteiligt, als spule sie nur ab, was sie sich zu sagen vorgenommen hatte. »Informatik und Chemie. Technik und Mechanik. Elektronik. Ich habe meine einsamen Nächte nutzbringend verbracht. Meinen Sohn habe ich mit dem typischen Jungskram vertraut gemacht. Sein Vater konnte ihm das nicht geben. Ich habe herausgefunden, wie man in fremde Mailprogramme reinkommt. Und noch einiges mehr.«

Nero lag mir ständig mit Benimmregeln für das Cyberspace in den Ohren. Ich musste dringend mein Passwort ändern. Falls ich überhaupt noch dazu kam, irgendetwas in meinem Leben zu ändern.

»Wollten Sie Neta wirklich umbringen?« Ich fröstelte. Sie hatte ihren eigenen Sohn getötet. Versehentlich. Niemand würde mir eine solche Geschichte abkaufen, wenn sie auf Papier gedruckt wäre.

»Es gibt Schlimmeres als den Tod.«

Die Kälte in ihrer Stimme jagte einen Schauer über meinen Körper. Ich lenkte mich damit ab, die Intervallschaltung der Scheibenwischer möglichst optimal einzustellen.

»Ich wollte die Hoffnung ein klein wenig wachsen lassen«, fuhr die Nedopil fort. »Sie sollte ein zartes Pflänzchen werden, Liliana schon fest mit Netas Genesung rechnen. Dann habe ich wieder zugeschlagen. Das ist das Verderben. Der völlige Untergang.«

»Sie wollten Lilianas Hoffnung töten?«, krächzte ich. Sah Liliana vor mir, wie sie sich neben der bewusstlosen Neta zusammengekrümmt und geweint hatte. Sie hatte mich an die biblischen Figuren erinnert, die sich das Haar zerrauften, die Kleider zerrissen und sich mit Staub und Asche bewarfen, um ihrer Verzweiflung Ausdruck zu geben. Um überhaupt wieder auf die Füße zu kommen, brauchte Liliana dieses zarte Geschöpf mit der milchweißen Haut und dem rotblonden Haar. Ohne Neta würde sie abrutschen, tablettensüchtig oder Dauergast bei einem überteuerten Psychologen werden. Oder in der Psychiatrie landen.

»Ich muss mal«, sagte ich.

»Kein Thema.« Astrid Nedopil presste das Messer an meinen Hals. Die Klinge schnitt ein, ich spürte einen dünnen Faden Blut in meinen Kragen laufen.

»Au!«

»Halten Sie auf dem Standstreifen.«

»Aber …«

»Es ist mir piepegal, wo Sie pissen.«

Ich schluckte. Eine Stunde hätte meine Blase schon noch durchgehalten, aber mittlerweile kroch die Angst aus ihrem Mauseloch. Ich hatte zu viel gehört. Wurde für Astrid Nedopil zur Gefahr.

Ich drosselte das Tempo und schaltete die Warnblinkanlage an.

»Langsam aussteigen. Über die Beifahrertür.«

Der Schnitt an meinem Hals juckte. Er konnte nicht tiefer sein als ein Kratzer, aber ich hatte das zwanghafte Bedürfnis hinzufassen. Ich kroch auf den Beifahrersitz. Astrid krabbelte neben mich. Sie war so klein, so wendig, sie passte wirklich überall durch. Wir kletterten über die Leitplanke. Ich war überzeugt, dass niemand sich um uns kümmern würde. Wer bei Tempo 160 an zwei Frauen vorbeiraste, die über eine Leitplanke stiegen, sah keine Messerklinge an einer Kehle aufblitzen.

Ich rutschte den Hang hinunter. Wollte die Nedopil sogar beim Pinkeln hinter mir hocken, an mich geschmiegt wie ein Baby?

»Sie haben Ihren Sohn aus Versehen umgebracht«, sagte ich. Dämlich, aber es rutschte mir so raus. Mein Fuß blieb an einem Ast hängen. Ich glitt aus Astrid Nedopils Griff, schrappte bäuchlings einen Meter tiefer. Spürte einen heftigen Schmerz im Nacken. Dann senkte sich blickdichte Dunkelheit über mich.

46

»Sie haben Keas Wagen in Heilbronn gefunden.« Freiflug tippte mit dem Zeigefinger ratlos gegen den Telefonhörer. »In der Innenstadt. Wie ist der Spider nach Heilbronn gekommen?«

»Keine Nedopil, keine Kea.« Nero presste seine Hände auf die Schläfen. Sein Kopf drohte zu platzen. Er dachte an die Aussage von Oliver Stark, die Sandra an ihn weitergeleitet hatte. Während Stark sich in der Geisterbahn herumtrieb, hatte er tatsächlich jemanden gesehen. Sich nichts dabei gedacht, dass da jemand zwischen den Gespenstern umherhuschte. Aber dieser Jemand war eindeutig eine Frau. Stark war sich ganz sicher. Warum sollte er lügen?

Freiflug legte den Hörer auf. »Noch mal von vorn, Kollege.«

»Wir haben weder die Nedopil noch Kea. Trotz Fahndung. Das Auto der Nedopil steht noch in Ingolstadt am Krankenhaus. Die Nedopil ist unauffindbar. Wie kam sie von dort weg?« Nero warf einen Blick auf die Uhr. Es war schon nach neun.

»Du solltest daran denken, dass sie erste Sahne im Tarnen und Täuschen ist«, entgegnete Freiflug. »Sie ist als Pirat in die Geisterbahn eingedrungen, hat sich schon während der Aufbauarbeiten umgesehen, aber niemand erinnert sich an sie, bis auf die Salzgurken-Michi, die ihre Bude neben ›The Demon‹ hat. Sie ist als Ärztin durchgegangen. Blonde Perücke, Arztkittel und Schminkutensilien haben die Kollegen in ihrem Wagen gefunden.«

Nero rieb sich die Wangen. Sein Bart war zu lang, inzwischen bestimmt zwischen fünf und sechs Millimeter, und er hasste das. Kea würde sich kaputtlachen, weil er sich wegen ein paar Millimetern verrückt machte. Er hatte sich seit 72 Stunden nicht rasiert.

»Nach Keas Angaben«, Freiflug hielt ein Fax hoch, »hatte die Nedopil die Cafeteria schon zehn Minuten verlassen, ehe Kea Krach schlug. Sie kann in der Zeit ein Taxi genommen haben …«

»Vergiss es. Die Taxiunternehmen haben die Anfrage weitergegeben. Kein Fahrer hat vom Krankenhaus eine Frau mitgenommen, die von der Figur her Astrid Nedopil entspricht.« Nero spürte Zorn in sich aufsteigen. Blinden, teuflischen Zorn.

»Nein, aber einer hat eine kleine, ziemlich dicke Frau gefahren. Wenn die Nedopil sich ausgestopft hat?«, fragte Freiflug und wendete das Faxpapier. »Kollege Weiß hat die Taxifahrer übernommen.«

»Den kaufe ich mir.«

Nero sauste aus dem Zimmer und stand eine halbe Minute später in Marek Weiß' Büro.

»Wie war das mit den Taxifahrern?«, brachte er heraus. Aus Angst um Kea wäre er am liebsten die Wände hochgegangen.

»Tut mir leid, das mit Ihrer Freundin, aber das wird sich alles aufklären …«

»Aufklären«, tobte Nero los, »ist eine Handlung und kein Zufall. Wir müssen schon was dafür tun!«

Marek Weiß verzog das Gesicht.

»Schauen Sie nicht so mürrisch drein, verdammt, und ich will wissen, was bei den Taxifahrern rausgekommen ist!« Nero schlug mit beiden Fäusten auf Mareks penibel aufgeräumten Schreibtisch.

»Wir haben keinen Fahrgast, dessen Beschreibung auf Astrid Nedopil passt.« Marek räusperte sich. Nero sah ihm die Anstrengung an, die es ihn kostete, höflich zu bleiben.

»Da war eine kleine, dicke Frau. Was ist mit der?«

»Klein, aufgedunsen, nach Aussage des Fahrers um die 60. War gerade frisch aus der Klinik entlassen. Ich müsste mich schon sehr täuschen, wenn …«

»Sie täuschen sich ein bisschen oft in letzter Zeit!«, schnaubte Nero. »Ich will den Namen des Fahrers und wo er die Dame hingefahren hat.«

»Anton Kohlhammer, 52 Jahre alt«, Marek riss einen Zettel aus einem Notizbuch. »Telefonnummer steht drauf.« Sein Handy klingelte. Er warf einen Blick auf das Display und schaltete das Telefon aus.

47

Als ich zu mir kam, war finstere Nacht. Ich lag auf dem Bauch. Ein widerlicher Gestank stieg in meine Nase. Ich hob den Kopf. Hatte vor meinem eigenen Erbrochenen ein Schläfchen gehalten. Allerdings kein besonders erholsames. Ich war nass bis auf die Knochen und fror wie ein Schneider. Würgend kroch ich ein paar Meter weiter und sank wieder ins nasse Gras. Hoch über mir brauste der Verkehr über die Autobahn. Ich hatte kein Handy. Mein Geld war in meinem Spider. Meine Schlüssel hatte ich vermutlich unwillentlich an Astrid Nedopil weitergegeben. Ich stand da wie vom Mond gefallen. Musste sehen, wie ich klarkam. Ein Auto auf der Autobahn anzuhalten, hatte ich auch noch nie probiert.

Mühsam krabbelte ich die Böschung hinauf, rutschte ein paarmal ab, fing mich wieder. Mein Nacken schmerzte. Ich tastete mit schmutzverschmierten Fingern darüber. Die Haut war abgeschürft, die Stelle tat fies weh. Bestimmt ein riesiger blauer Fleck. Außerdem hatte ich Durst. Ich beugte mich über das Gras und leckte Regenwasser.

Als ich die Autobahn erreichte, stieg ich umständlich über die Leitplanke und winkte. Natürlich hielt keiner. Wahrscheinlich sah mich nicht einmal einer rechtzeitig genug, um zu halten. Und wer mich im Rückspiegel erspähte, würde mich für einen Junkie halten.

Ich ruderte mit den Armen, ließ es dann bleiben und ging einfach zu Fuß auf dem Standstreifen in Fahrtrichtung los. Früher oder später würde eine Raststätte auftauchen. Eine Tankstelle, ein Parkplatz. Irgendjemand würde einem dreckverschmierten Geist schon helfen. Ich könnte mich hinstellen und sagen: Huu, ich bin ein Gespenst. Jetzt hieß es laufen.

48

Streifenpolizistin Anneli Wegener hielt dem Fahrer ein Foto von Astrid Nedopil hin.

»Haben Sie diese Frau vom Klinikum in die Stadt gefahren?«

»Nein. Die war alt, dick. So aufgedunsen. Das ganze Gesicht rund wie der Mond und schwabbelig.«

Anneli Wegener war beinahe 1,90 Meter groß und überragte den Taxifahrer Anton Kohlhammer um Längen. Sie war stolz, dass sie dem LKA aushelfen konnte. Ewig wollte sie nämlich nicht Streife fahren.

»Hätte das eine Maske sein können?«

»Maske? Na, ich weiß nicht.«

»Wo haben Sie sie denn hingefahren?«

»Hier ums Eck. Brunnhausgasse. Zu ihrer Tochter. Da wollte sie bleiben, bis sie sich von dem Klinikaufenthalt erholt hat.« Kohlhammer stieg in sein Taxi und sah zum Kirchturm hoch. »Die Leute erzählen einem ja alles Mögliche. War's das?«

Anneli Wegener nickte und ging schnurstracks auf das Apartmenthaus zu, das Kohlhammer ihr gezeigt hatte. Zwei Minuten später stand die kleine, dicke Frau vor ihr. Sie ging ihr gerade bis zum Bauchnabel.

49

Ich war schon eine gute halbe Stunde über den Standstreifen gehinkt, als hinter mir ein Auto langsamer
wurde. Mein rechter Knöchel tat weh, der Durst
wurde unerträglich. Ich sah das gelbe An und Aus
einer Warnblinkanlage. Drehte mich um, sprungbereit. Zur Not würde mich der freie Flug wieder über
die Leitplanke in die Tiefe führen.

»Brauchen Sie Hilfe?«, rief eine Frau.

»Ja!« Ich blieb stehen, von den Scheinwerfern
geblendet.

»Dann steigen Sie mal ein.« Sie stieß die Beifahrertür auf. »Normalerweise nehme ich keine Anhalter
mit. Aber bei Ihnen muss man wohl eine Ausnahme
machen. Stören die Sachen?« Sie warf eine Tasche
auf den Rücksitz.

Ich wäre auch im Kofferraum mitgefahren.
Erschöpft kroch ich in den Wagen.

Die Frau fuhr los. Ich bemerkte die Knarre zu
spät, die auf dem Armaturenbrett lag. Als ich mich
langsam umdrehte, sah ich auf dem Rücksitz eine
ganze Kiste mit Handschellen, zwei Jagdmessern und
etwas, das als Pumpgun durchgehen konnte.

50

Die Schaffnerin, die Astrid Nedopil im ICE nach Saarbrücken erkannte, war im dritten Monat schwanger. Sie hatte eine Menge gute Ermahnungen von ihrem Freund bekommen, von ihrer Mutter und Schwiegermutter in spe, und sie nahm den Beisatz auf dem Fahndungsaufruf ›Täterin ist bewaffnet‹ ernst. Mit einem Lächeln gab sie Astrid Nedopil das Ticket zurück und kontrollierte die Fahrgäste im gesamten Wagen, bis sie sich an ihre Kollegin wandte.

Der Anruf bei der Polizei war schnell erledigt. An den Bahnhöfen in Kaiserslautern und Saarbrücken würden Zivilfahnder warten, damit die Nedopil nicht gewarnt war. Die Nacht war tintenschwarz, hin und wieder sausten die Lichter eines Bahnhofs vorbei. Die Schaffnerin nutzte eine längere Strecke, auf der nichts zu tun war, um sich einen grünen Tee im Speisewagen zu holen und wieder einmal über die schwierige Namenswahl für ihr Kind nachzudenken.

51

Ich bekam Schluckstörungen.

»Was ist eigentlich mit Ihnen passiert?«, fragte die Frau. Sie trug eine Baseballkappe auf dem kurzen Haar, einen Rollkragenpullover und sah müde aus. »Aussetzung?«

»So ähnlich«, krächzte ich.

»Möchten Sie was trinken?« Sie wies auf das Handschuhfach. »Da drin sind zwei Dosen Cola.«

Meine Rettung. Ich riss das Fach auf. Kleine Kapseln rollten mir entgegen, auf denen ›Gift‹ stand.

»Ach, das!« Sie lachte. »Machen Sie sich nichts draus. Ich bin Krimiautorin. Gerade auf Lesereise. Das sind Dekorationsstücke, die ich für die Atmosphäre mitnehme. Damit es ein bisschen gruselig aussieht, wenn man in den Buchhandlungen zwischen den Regalen hockt.«

Ich lehnte mich zurück, öffnete eine Cola und trank sie in einem Zug aus. Meine Mitfahrgelegenheit drückte auf eine Taste am CD-Spieler. Wind of Change.

»Haben Sie ein Handy?«, fragte ich.

»Telefonieren Sie ruhig. Flatrate für ganz Deutschland.« Sie griff ins Seitenfach und angelte ein Telefon hervor. Es war bleischwer, musste ein Handy der ersten Stunde sein. Alles egal. Ich tippte Neros Nummer.

EPILOG

Eine warme Oktobersonne vergoldete Lilianas Wohnzimmer. Laut Wetterbericht würde uns in wenigen Tagen ein Wetterumschwung heimsuchen. Jetzt stand die Terrassentür weit offen. Neta brachte Kaffee und einen Teller mit Kuchen. Am letzten Wiesntag war sie entlassen worden.

»Sie wohnen jetzt hier?«, fragte Nero.

»Zunächst einmal.« Neta lächelte. Ihr Gesicht sah wieder manierlich aus. Das Haar hatte sie frisch schneiden lassen, es tanzte kurz und fransig um ihre Ohren.

Liliana kam aus der Küche. »Bis es ihr besser geht«, kommentierte sie. »Bis die letzten Blessuren verheilt sind und sie wieder arbeiten kann. Sie muss langsam anfangen, sich nicht gleich übernehmen.«

Ich sah Netas Lächeln, und irgendwie wurde mir mulmig. Dass Neta es nur auf Lilianas Kohle abgesehen hatte, konnte nicht mal eine geschäftstüchtige Person wie die Salzgurken-Michi glauben.

»Und Sie, Frau Laverde? Wie geht es Ihnen?«, fragte Liliana.

Ich ließ mich in einen Sessel sinken. »Ich bin o. k.« Was nicht gelogen war. Man machte alle möglichen Erfahrungen. Diese war nicht die schlimmste in meinem Leben.

»Was wird mit Astrid Nedopil?«, fragte Neta. Sie setzte sich neben Liliana auf das Sofa. Die beiden rückten nah zueinander. Als fürchteten sie, bei nächster Gelegenheit wieder auseinandergerissen zu werden. Kein Zweifel, sie hatten etwas geschenkt bekommen. Diese zarte Fürsorge füreinander, die die beiden zusammenschweißte, hätte ich in einem Roman kitschig gefunden und einem Kunden nicht abgekauft. Genauso wenig wie die irrsinnige Geschichte, dass eine Frau ihren eigenen Sohn aus Versehen umbrachte. Um eine andere zu treffen. Diese aber auch wieder nur stellvertretend, um einer dritten Person zu schaden. Infam und unglaublich.

»Sie ist in der Psychiatrie. Warten wir den Gerichtsprozess ab«, antwortete Nero und ließ sich Kaffee einschenken.

Wir blieben eine Stunde bei Mutter und Tochter. Dann verabschiedeten wir uns und fuhren in meinem Spider nach Hause zu mir.

»Wie sieht es mit einer Party für Freiflug aus?«, fragte ich, als wir die Betonwüste der Stadt hinter uns ließen und durch die freie Landschaft rollten. Herbst. Eine wundervolle Jahreszeit. Manche Menschen mochten den Herbst nicht, weil er sie an ihre Vergänglichkeit erinnerte. Aber mir gefiel er. Allein wegen der Farben. »Seinen neuen Job als strategischer Knotenpunkt in der Cyberwelt hat er noch nicht feiern können.«

»Morgen treffen wir uns alle bei Sandra.«

»Ach, bei Sandra?« Ich sah Nero von der Seite an. »Läuft da was zwischen ihr und Freiflug?«

»Sieht so aus«, stimmte er zu.

»Die Wiesn hat jetzt doch noch ihren Umsatz gemacht. Wenngleich die Besucherzahlen zurückgegangen sind. Habe ich in der Zeitung gelesen.«

Mein Handy schrillte.

»Kea?«, rief eine wohlbekannte, unwillkommene Stimme. Frau Laverde! Ausgerechnet jetzt! »Ich störe nicht lange. Ich nehme an, du bist mit deinem Polizisten unterwegs?«

»Wie kommst du drauf?«

»Ich habe es mir doch anders überlegt«, sagte Frau Laverde. »München ist mir einfach zu teuer. Kein Pflaster für mich.«

»Und der Mann?«

»Keine radikalen Veränderungen zugunsten eines Mannes. Wenigstens in diesem Zusammenhang sind wir uns einig, oder?«

»Meine Mutter«, sagte ich zu Nero, kaum dass ich aufgelegt hatte. »Sie hatte mal kurz im Sinn, nach München zu ziehen, aber das war wohl eine Eintagsfliege.«

»Wann lerne ich sie kennen?«

»Warte einfach ab.«

Nero sah mich gespielt entrüstet von der Seite an. »Was denkst du über Liliana und Neta?«

»Zwei glückliche Menschen auf diesem Planeten.«

»Und du? Bist du glücklich?«

»Bist du denn glücklich? Sind es deine Kollegen?«, hakte ich nach.

»Einer ganz bestimmt nicht. Marek Weiß wartet schon seit Jahr und Tag auf seine Beförderung. Als wenn eine Beförderung glücklich macht. Aber weich nicht aus: Wie sieht es in dir aus, Kea?«

»Gülden«, sagte ich und wies auf die leuchtenden Blätter um uns.

ENDE

*Weitere Krimis finden Sie auf den
folgenden Seiten und im Internet:
www.gmeiner-verlag.de*

FRIEDERIKE SCHMÖE
Süßer der Punsch nie tötet

187 Seiten, Paperback.
ISBN 978-3-8392-1090-1.

GASTRONOMEN-ALPTRAUM Advent in Bamberg. Privatdetektivin Katinka Palfy hat die Nase voll von Tiefkühlkost und besucht einen Kochkurs bei der italienischen Starköchin Caro Terento, die in mehreren fränkischen Städten in die Geheimnisse ihrer Weihnachtsmenüs einführt. Doch während Katinka und die anderen Kursteilnehmerinnen am Herd stehen und auf die Pasta aufpassen, fällt eine Frau tot um, wie ein Baum. Hauptkommissar Harduin Uttenreuther kümmert sich um den Fall. Katinka bekommt Unterstützung von Dante Wischniewski, einem eifrigen, aber manchmal nervigen Medizinstudenten mit Hang zur Pathologie. Auf der Suche nach Mörder und Motiv folgt Katinka einer nach Salbei und Knoblauch duftenden Spur durch das vorweihnachtliche Franken.

FRIEDERIKE SCHMÖE
Bisduvergisst

274 Seiten, Paperback.
ISBN 978-3-8392-1034-5.

ZEIT DES VERGESSENS Sommer 2009, während der »Landshuter Hochzeit«. Als die 82-jährige Irma Schwand die niederschmetternde Diagnose Alzheimer erhält, beauftragt sie die Münchner Ghostwriterin Kea Laverde, ihre Erinnerungen aufzuschreiben. Die Autobiografie ist für ihre Enkelin Julika bestimmt. Doch kurz nach dem letzten Interview mit Irma wird das Mädchen ermordet aufgefunden.

Während der Kokon des Vergessens sich immer enger um die alte Dame schließt, entdeckt Kea, dass Irma jahrzehntelang einen Mord gedeckt hat – eine Tat, die in den letzten Wochen des 2. Weltkriegs geschah …

Wir machen's spannend

FRIEDERIKE SCHMÖE
Fliehganzleis
....

327 Seiten, Paperback.
ISBN 978-3-8392-1012-3.

UNBEWÄLTIGTE VERGAN-
GENHEIT Larissa Gräfin Rothens-
tayn, die in der DDR aufwuchs und
1975 in den Westen fliehen konnte,
bittet Ghostwriterin Kea Laverde,
ihre Lebensgeschichte aufzuschreiben. Dann wird sie in ihrem Schloss
in Unterfranken von einem Unbe-
kannten schwer verletzt. Die Polizei
spricht von versuchtem Mord und
fahndet nach dem geheimnisvollen
Täter.

   Kea arbeitet sich unterdessen
durch das Archiv der Familie und
steht vor einem Rätsel: Warum
sammelte die Gräfin Berichte über
ein Mädchen, das im Sommer 1968
in einem kleinen See auf der Insel
Usedom ertrank? Wie es scheint, ist
das Unglück fast 20 Jahre nach dem
Mauerfall noch nicht geklärt, und
Larissas Angreifer streckt auch nach
Kea die Finger aus …

FRIEDERIKE SCHMÖE
Schweigfeinstill
....

371 Seiten, Paperback.
ISBN 978-3-89977-805-2.

TOTGESCHWIEGEN Ärger für
Ghostwriterin Kea Laverde: Erst
raubt ein Einbrecher all ihre Unterlagen und stirbt kurz darauf bei einem
Verkehrsunfall; dann wird ihr Kunde,
Andy Steinfelder, der nach einem
Schlaganfall an Aphasie leidet und
seitdem nicht mehr sprechen kann,
des Mordes beschuldigt.

   Doch wer die gerechtigkeitslie-
bende Ex-Journalistin einschüchtern will, sollte sich warm anzieh-
en: Während die Polizei noch ermittelt, geht Kea den Dingen selbst
auf den Grund. Gegen den Willen
von Hauptkommissar Nero Keller
nimmt sie im winterlichen München
den Kampf gegen ihre unsichtbaren
Feinde auf.

… Ein mysteriöser Unfall
… Ein dreister Diebstahl
… Eine kämpferische Ermittlerin
Ghostwriterin Kea Laverde in ihrem
ersten Fall.

Wir machen's spannend

FRIEDERIKE SCHMÖE
Spinnefeind

....

374 Seiten, Paperback.
ISBN 978-3-89977-782-6.

STRENG GEHEIM Jens Falk, Mathematiklehrer und Hobby-Kryptoanalytiker, steckt in der Klemme: Im letzten Halbjahr sind nicht nur wichtige Klausuren und Schülerakten verschwunden, sondern auch sein Schüler Hannes Niedorf – während einer Exkursion mit Falk.

Aus Angst um seinen Job sucht er Hilfe bei Privatdetektivin Katinka Palfy. Sie soll die wahren Hintergründe aufdecken. Da wird Doris Wanjeck, Falks Ex-Verlobte, ermordet, und der Lehrer ist dringend tatverdächtig. Gemeinsam mit seiner Anwältin macht sich Katinka an die Aufklärung des Falls, fühlt sich aber bald von der Juristin hintergangen.

Es scheint, als würde jemand gezielt versuchen, die einzige Person aus dem Rennen zu werfen, die an Falks Unschuld glaubt …

FRIEDERIKE SCHMÖE
Pfeilgift

....

278 Seiten, Paperback.
ISBN 978-3-89977-756-7.

KEINE AUSZEIT FÜR KATINKA PALFY Privatdetektivin Katinka Palfy braucht eine Auszeit. Sie nimmt deshalb in den Haßbergen bei Bamberg an einem Kurs in Bogenschießen teil. Mit Paula Stephanus, einer anderen Teilnehmerin, freundet sie sich an. Nach einer durchzechten Nacht liegt Paulas Mann Hagen tot im Wald: Sein Brustkorb wurde von einem Pfeil durchbohrt. Laut Obduktion starb er einen langsamen, qualvollen Tod, verursacht durch das Pfeilgift Curare.

Während die Polizei den Mörder jagt, bittet die verängstigte Paula Katinka um Schutz. Doch auch Paula ist verdächtig, immerhin wollte sie sich von Hagen trennen. Und von seinen Geschäften mit verbotenen Substanzen weiß sie auch mehr, als gesund für sie ist …

Wir machen's spannend

FRIEDERIKE SCHMÖE
Januskopf

....

271 Seiten, Paperback.
ISBN 978-3-89977-737-6.

AUF DEN SPUREN E.T.A. HOFF-
MANNS Im unterfränkischen
Königsberg stürzt eine Frau in den
Tod. War es ein Unfall, Selbstmord
oder gar Mord? Dem neuen Klien-
ten der Bamberger Privatdetektivin
Katinka Palfy wird der mysteriöse
Todesfall per anonymen Brief in die
Schuhe geschoben. Noch rätselhaf-
ter ist allerdings der Mann selbst:
Ewald Isenstein leidet seit einem
Unfall an einer Persönlichkeitsspal-
tung, sein Innenleben ist unberechen-
bar. Katinka hält ihn für unschuldig,
doch dann geschehen zwei Morde,
und Isenstein hat wieder kein Alibi.
Als auch ein Anschlag auf Katinka
verübt wird, macht Kommissar Harduin Uttenreuther eine erstaunliche
Entdeckung: Der Mörder scheint
E.T.A. Hoffmanns »Die Elixiere des
Teufels« nachzuspielen. Doch wenn
das stimmt, wird es einen dritten
Mord geben …

FRIEDERIKE SCHMÖE
Schockstarre

....

324 Seiten, Paperback.
ISBN 978-3-89977-710-9.

NEUES VOM TATORT BAYERN
Jahresbeginn 2005: Privatdetektivin
Katinka Palfy ist vom Pech verfolgt.
Erst wird sie Opfer eines Anschlags,
dann verschwindet ihre Beretta, um
kurz darauf wieder aufzutauchen:
als Mordwaffe in einem Fall ohne
Beweise, dafür mit umso mehr Mo-
tiven. Katinka folgt der Spur in das
mittelalterliche Städtchen Coburg,
wo sie sich sehr zum Missfallen
der dortigen Polizei in die Ermittlungen einklinkt. Diese führen sie
zur Arbeitsstelle des Toten, einer
Werbeagentur. Als die Detektivin
erkennt, dass seelische Abgründe
hinter scheinbarem Glück und be-
ruflichem Erfolg klaffen, wird der
Burghof der trutzigen Veste Coburg
zur tödlichen Falle.

GMEINER

Wir machen's spannend

Alle Gmeiner-Autoren und ihre Romane auf einen Blick

ANTHOLOGIEN: Tatort Starnberger See • Mords-Sachsen 4 • Sterbenslust • Tödliche Wasser • Gefährliche Nachbarn • Mords-Sachsen 3 • Tatort Ammersee • Campusmord • Mords-Sachsen 2 • Tod am Bodensee • Mords-Sachsen 1 • Grenzfälle • Spekulatius **ARTMEIER, HILDEGUND:** Feuerross • Drachenfrau **BAUER, HERMANN:** Verschwörungsmelange • Karambolage • Fernwehträume **BAUM, BEATE:** Weltverloren • Ruchlos • Häuserkampf **BAUMANN, MANFRED:** Jedermanntod **BECK, SINJE:** Totenklang • Duftspur • Einzelkämpfer **BECKER, OLIVER:** Das Geheimnis der Krähentochter **BECKMANN, HERBERT:** Mark Twain unter den Linden • Die indiskreten Briefe des Giacomo Casanova **BEINSSEN, JAN:** Goldfrauen • Feuerfrauen **BLATTER, ULRIKE:** Vogelfrau **BODE-HOFFMANN, GRIT / HOFFMANN, MATTHIAS:** Infantizid **BOMM, MANFRED:** Kurzschluss • Glasklar • Notbremse • Schattennetz • Beweislast • Schusslinie • Mordloch • Trugschluss • Irrflug • Himmelsfelsen **BONN, SUSANNE:** Die Schule der Spielleute • Der Jahrmarkt zu Jakobi **BODENMANN, MONA:** Mondmilchgubel **BOSETZKY, HORST (-KY):** Promijagd • Unterm Kirschbaum **BOENKE, MICHAEL:** Gott'sacker **BÖCKER, BÄRBEL:** Henkersmahl **BUEHRIG, DIETER:** Schattengold **BUTTLER, MONIKA:** Dunkelzeit • Abendfrieden • Herzraub **BÜRKL, ANNI:** Ausgetanzt • Schwarztee **CLAUSEN, ANKE:** Dinnerparty • Ostseegrab **DANZ, ELLA:** Schatz, schmeckt's dir nicht • Rosenwahn • Kochwut • Nebelschleier • Steilufer • Osterfeuer **DETERING, MONIKA:** Puppenmann • Herzfrauen **DIECHLER, GABRIELE:** Glaub mir, es muss Liebe sein • Engpass **DÜNSCHEDE, SANDRA:** Todeswatt • Friesenrache • Solomord • Nordmord • Deichgrab **EMME, PIERRE:** Diamantenschmaus • Pizza Letale • Pasta Mortale • Schneenockerleklat • Florentinerpakt • Ballsaison • Tortenkomplott • Killerspiele • Würstelmassaker • Heurigenpassion • Schnitzelfarce • Pastetenlust **ENDERLE, MANFRED:** Nachtwanderer **ERFMEYER, KLAUS:** Endstadium • Tribunal • Geldmarie • Todeserklärung • Karrieresprung **ERWIN, BIRGIT / BUCHHORN, ULRICH:** Die Gauklerin von Buchhorn • Die Herren von Buchhorn **FOHL, DAGMAR:** Die Insel der Witwen • Das Mädchen und sein Henker **FRANZINGER, BERND:** Zehnkampf • Leidenstour • Kindspech • Jammerhalde • Bombenstimmung • Wolfsfalle • Dinotod • Ohnmacht • Goldrausch • Pilzsaison **GARDEIN, UWE:** Das Mysterium des Himmels • Die Stunde des Königs • Die letzte Hexe – Maria Anna Schwegelin **GARDENER, EVA B.:** Lebenshunger **GEISLER, KURT:** Bädersterben **GIBERT, MATTHIAS P.:** Schmuddelkinder • Bullenhitze • Eiszeit • Zirkusluft • Kammerflimmern • Nervenflattern **GRAF, EDI:** Bombenspiel • Leopardenjagd • Elefantengold • Löwenriss • Nashornfieber **GUDE, CHRISTIAN:** Kontrollverlust • Homunculus • Binärcode • Mosquito **HAENNI, STEFAN:** Brahmsrösi • Narrentod **HAUG, GUNTER:** Gössenjagd • Hüttenzauber • Tauberschwarz • Höllenfahrt • Sturmwarnung • Riffhaie • Tiefenrausch **HEIM, UTA-MARIA:** Totenkuss • Wespennest • Das Rattenprinzip • Totschweigen • Dreckskind **HERELD, PETER:** Das Geheimnis des Goldmachers **HUNOLD-REIME, SIGRID:** Schattenmorellen • Frühstückspension **IMBSWEILER, MARCUS:** Butenschön • Altstadtfest • Schlussakt • Bergfriedhof **KARNANI, FRITJOF:** Notlandung • Turnaround • Takeover **KAST-RIEDLINGER, ANNETTE:** Liebling, ich kann auch anders **KEISER, GABRIELE:** Gartenschläfer • Apollofalter

Wir machen's spannend

Alle Gmeiner-Autoren und ihre Romane auf einen Blick

KEISER, GABRIELE / POLIFKA, WOLFGANG: Puppenjäger **KELLER, STEFAN:** Kölner Kreuzigung **KLAUSNER, UWE:** Die Bräute des Satans • Odessa-Komplott • Pilger des Zorns • Walhalla-Code • Die Kiliansverschwörung • Die Pforten der Hölle **KLEWE, SABINE:** Die schwarzseidene Dame • Blutsonne • Wintermärchen • Kinderspiel • Schattenriss **KLÖSEL, MATTHIAS:** Tourneekoller **KLUGMANN, NORBERT:** Die Adler von Lübeck • Die Nacht des Narren • Die Tochter des Salzhändlers • Kabinettstück • Schlüsselgewalt • Rebenblut **KOHL, ERWIN:** Flatline • Grabtanz • Zugzwang **KOPPITZ, RAINER C.:** Machtrausch **KÖHLER, MANFRED:** Tiefpunkt • Schreckensgletscher **KÖSTERING, BERND:** Goetheruh **KRAMER, VERONIKA:** Todesgeheimnis • Rachesommer **KRONENBERG, SUSANNE:** Kunstgriff • Rheingrund • Weinrache • Kultopfer • Flammenpferd **KRUG, MICHAEL:** Bahnhofsmission **KURELLA, FRANK:** Der Kodex des Bösen • Das Pergament des Todes **LASCAUX, PAUL:** Gnadenbrot • Feuerwasser • Wursthimmel • Salztränen **LEBEK, HANS:** Karteileichen • Todesschläger **LEHMKUHL, KURT:** Dreiländermord • Nürburghölle • Raffgier **LEIX, BERND:** Fächertraum • Waldstadt • Hackschnitzel • Zuckerblut • Bucheckern **LIFKA, RICHARD:** Sonnenkönig **LOIBELSBERGER, GERHARD:** Reigen des Todes • Die Naschmarkt-Morde **MADER, RAIMUND A.:** Schindlerjüdin • Glasberg **MAINKA, MARTINA:** Satanszeichen **MISKO, MONA:** Winzertochter • Kindsblut **MORF, ISABEL:** Schrottreif **MOTHWURF, ONO:** Werbevoodoo • Taubendreck **MUCHA, MARTIN:** Papierkrieg **NEEB, URSULA:** Madame empfängt **OTT, PAUL:** Bodensee-Blues **PELTE, REINHARD:** Kielwasser • Inselkoller **PUHLFÜRST, CLAUDIA:** Rachegöttin • Dunkelhaft • Eiseskälte • Leichenstarre **PUNDT, HARDY:** Friesenwut • Deichbruch **PUSCHMANN, DOROTHEA:** Zwickmühle **RUSCH, HANS-JÜRGEN:** Gegenwende **SCHAEWEN, OLIVER VON:** Räuberblut • Schillerhöhe **SCHMITZ, INGRID:** Mordsdeal • Sündenfälle **SCHMÖE, FRIEDERIKE:** Wieweitdugehst • Bisduvergisst • Fliehganzleis • Schweigfeinstill • Spinnefeind • Pfeilgift • Januskopf • Schockstarre • Käfersterben • Fratzenmond • Kirchweihmord • Maskenspiel **SCHNEIDER, BERNWARD:** Spittelmarkt **SCHNEIDER, HARALD:** Wassergeld • Erfindergeist • Schwarzkittel • Ernteopfer **SCHNYDER, MARIJKE:** Matrjoschka-Jagd **SCHRÖDER, ANGELIKA:** Mordsgier • Mordswut • Mordsliebe **SCHUKER, KLAUS:** Brudernacht **SCHULZE, GINA:** Sintflut **SCHÜTZ, ERICH:** Judengold **SCHWAB, ELKE:** Angstfalle • Großeinsatz **SCHWARZ, MAREN:** Zwiespalt • Maienfrost • Dämonenspiel • Grabeskälte **SENF, JOCHEN:** Kindswut • Knochenspiel • Nichtwisser **SEYERLE, GUIDO:** Schweinekrieg **SPATZ, WILLIBALD:** Alpenlust • Alpendöner **STEINHAUER, FRANZISKA:** Gurkensaat • Wortlos • Menschenfänger • Narrenspiel • Seelenqual • Racheakt **SZRAMA, BETTINA:** Die Konkubine des Mörders • Die Giftmischerin **THIEL, SEBASTIAN:** Die Hexe vom Niederrhein **THÖMMES, GÜNTHER:** Der Fluch des Bierzauberers • Das Erbe des Bierzauberers • Der Bierzauberer **THADEWALDT, ASTRID / BAUER, CARSTEN:** Blutblume • Kreuzkönig **ULLRICH, SONJA:** Teppichporsche **VALDORF, LEO:** Großstadtsumpf **VERTACNIK, HANS-PETER:** Ultimo • Abfangjäger **WARK, PETER:** Epizentrum • Ballonglühen • Albtraum **WICKENHÄUSER, RUBEN PHILLIP:** Die Seele des Wolfes **WILKENLOH, WIMMER:** Poppenspäl • Feuermal • Hätschelkind **WYSS, VERENA:** Blutrunen • Todesformel **ZANDER, WOLFGANG:** Hundeleben

Wir machen's spannend